爆弾アラレ

藤永博之

東洋出版

爆弾アラレ

本文画

池野　巌（爆弾アラレ）
萩原輝夫（サワラ）

爆弾アラレ◎目次

爆弾アラレ

巡り合いの犬たち

初めて、みずからの手で哀れな命の灯を絶った。あの汚れチビを動物保護センターに送るくらいなら、足蹴にすることもなかったのに、と悔いた。センターに送られた犬猫は、三日後には命の灯が消えるという。役場に連絡した時、電話口に出た係員は心なしか気が進まなかったようだ。それでも私の要請を断る訳にもゆかず、承諾した。

担当者が、私が指示した場所にチビを捕獲に出かける前に、どうせコロの所に居座っているだろうあの犬に、うまい肉でも腹いっぱい食べさせてやりたかった。

しかし、やっとセンターへ送ると決めたものを、いまさら情をかけても、さらに哀れさが増して未練を残すことになりはしないかと思い、それもせずじまいだった。

肌寒さが増した年末の夕方、窓から外を見ていると、むごいことをしたという悔恨もあるし、何も知らずにセンターに送られて行く犬が不憫でならない。

これでよかったのだろうか。哀れで、小さな命を奪う権利があるのか、と自問する。いいんだ。ただ野良犬を役場に通報しただけじゃないか。俺がしないでも誰かがする。放置すれば俺の生活パターンが狂ってしまう、と自分に言い聞かせる。

さっき、あのチビがコロの餌なべに顔を突っ込んで、むさぼり食っていた。それを強引にひき離し、抱え上げて横に放った。その、おのれの厭な行為が思い出される。

いつも食欲旺盛なコロが、飢えているチビに食べさせてやろうとでもするように、側に座って見守っていた。犬にも憐憫の情というものがあるのだろうか。己が満腹であれば話は分かる。まだ食べていないコロが、自分の分をチビに食べさせている。コロはよくてもこちらの気が収まらなかった。放っておくとチビは食べてしまうだろう。後の空腹をコロはどうするつもりなのか。用意した夕食はそれだけしかない。

ご飯に野菜や肉など、栄養バランスを配して煮込んだものを、夕方散歩の時、手提げの弁当箱に入れて妻と運ぶ。

このチビが来だしてから、もう一週間ほども経っている。

この前は、雨が降るのにコロ自身は濡れて小屋の外におり、奴が中にいた。せめて一緒に小屋に入っているのならまだ許せた。

なり行きに任せれば、このままチビはコロの小屋に住みついて周辺の畑を徘徊し、また付近の住民から不評をかうことになるだろう。

この犬はメスだから、やがてコロの小屋で小犬が何匹も生まれるようなことになると大変だ。

このチビは白系統の小犬で、目は垂れ下がった毛で隠れ、どんな顔か定かでない。痩せて汚れて、全体が茶色に変色している。私をコロの主人と見て、小屋の前で寝転がって腹を見せ、細い尾を小刻みに振って纏わりついて来た。私に対する精一杯の媚であろう。媚びる姿が哀れでもあり厭だった。とっさに靴の甲で五十センチほど跳ね除けたのだ。哀れで小さなぬくもりと僅かな体重が、今でも右足の甲に残っているように思えた。

あの日、いつものようにコロを連れて山道を登っていた。人と出会うことは殆どない山中なので、コロの引綱はいつも外して自由にさせている。山の中、先を行くコロを見ながら節をつけて歌う。

「コロー の尻尾はいい尻っ尾、キツネの尻っぽー、コローのお耳はピコピコだー」

左の耳は半分から折れ、歩く度にピコピコ揺れる。コロは柴犬の雑種。人なつっこい目をし、あごの辺りは毛が膨らんで、フクロウのようだ。コロはいつものようにちょっと振り返り、また、すたすたと道を行く。

そんなコロのところに、転がるように駆け込んできた白い塊があった。白といっても、元は恐らく白であっただろうと推測されるほどに汚れている。旧知の仲のように纏わりじゃれつく小犬に、戸惑ったようなコロは興味もなく、無視してすたすた道を登る。すると小犬は、コロに駆け寄り追いつき、行く手を塞いでまたじゃれる。コロは迷惑そうに早足で駆け抜けるが、そうはさせじと、さらに上回る勢いで追い越してじゃれる。その素早さは、空腹に喘いでいる野良犬とは思えなかった。

次には私の前に来て、踏みつけられないほどのわきに横たわって顔を向け、尾を小刻みに振りながらにじり寄ってくる。細い山道だ。行く手を塞いで邪魔になるほどであれば、邪険に跳ね除けて知らぬふりで歩く。少しでも甘い顔をすれば、もう離れなくなるだろう。

一面に海を見下ろす尾根に出て右に曲がり、農道を歩きながら、コロとチビはもつれ合いながら前を行った。

夕方でもう農作業をする人の姿はない。山を迂回して下りにかかると、繁茂している木々の隙間から、灯が点り始めた港の風景が見え隠れする。犬たちはもつれ合いながら私の前方を下りて行く。冬の日暮れは早い。辺りは宵闇に包まれていた。

竹藪を過ぎて道は大きく迂回し、もう殆ど人家の側まで来ており、いつの間にか汚れチビの姿は見えなくなっていた。

ふと懐中電灯で土手の斜面を照らすと、朽ちた小屋の陰から、チビがこちらを窺っている気配がした。二、三秒光を当てた。そして暗闇の薮の中で夜を過ごす小犬に哀れみを感じた。瞬間、それを感知したかのように転げ下りてきた白い塊。しまったと思った。私の心を読み取ったような素早いチビの反応だった。

もう追い払っても離れようとはせずについて来るようだった。家々の路地を曲がり、小川に沿って小屋に向かいながら、

「ついて来てるよ」と妻が言う。

私は諦め、無視することにした。

辺りはすっかり暗くなっていた。小屋に辿り着きコロを繋ぐ時、チビの姿は見えなかったので、やや安堵し、そのまま帰宅した。

翌朝、歩行のためコロを連れに来た時、チビはいた。朝食のドッグフードを鍋に入れると、すかさずチビが首を突っ込んだ。ちょっとやそっとのことでは離れない。予想した通りだ。何とかしなければならない。無視してコロに引き綱をつけ散歩に連れ出す。チビはすぐに後を追い、いくら追い払ってもついてくる。山に入る前の県道で車道に飛び出す。車は引っ切りなしで私と関わりないチビといえども気が気でない。

そんなことがもう一週間も続いている。

コロのところに居座ろうなんてとんでもない。この犬はメスなのでなおさら放ってはおけない。

地主の弥作さんが怒った。山の畑で掘ってきた芋を倉庫の横に置いていたら、あ奴が食い荒らしているというのだ。

犬が生芋を食うはずがない。それは狸かネズミのせいだろうと思っていた。

ところがある日、汚れチビが、鶏小屋の横に置いている芋をかじっている現場を見たのだ。困った。どうにかしなければならない。この犬を近づけない方法は、他に思い浮かばなかった。

私が一日我慢すれば、チビは一日生き延びるかも知れない。しかし、今日は年の暮れもぎりぎりの二十七日。焦っていた。

官公庁は今日が仕事納めのはず。年明けの四日か七日まで、この犬に悩まされるのは我慢できなかった。

助けを求めて必死に尾を振り、全身で訴えた頼みの人間が、遂に役場への通報、という断罪に踏み切ったのだ。

定年後の運動不足を補うには、先ず歩くことだった。地域の病院での検査では糖代謝異常も指摘され、取りあえず歩行することを決めた。

このK町は北西に海を控え、三方を山に囲まれた昔ながらの町村である。北東に面した広範な山畑は宅地造成され、ぎっしりと住宅が建ち並んだ団地となった。遠くからでも薄くけむる山肌には、白く映える一千戸余りの住宅群が望まれる。

私達夫婦は色々なコースを計画して歩いてみた。どれも長続きはしない。見晴らしのいい北東側の山沿いの道は、眼下に海が広がり眺めはいい。しかし、山の中腹を走る細い旧道で、隣町との近道のため車の往来が激しかった。

団地を巡るコースでは犬を飼っているところが多く、夜など、暗闇の玄関先からいきなり吠えられ、神経が疲れて馴染めなかった。

その後、南西側の山間の農道を歩いてみた。それが現在も続いているコースである。

住宅地を抜け、隣村に通ずる小道を五分も歩くと、小川に沿った細道に出る。川は両側と底がコンクリートで、幅も高さもほぼ三メートル。丸太を二、三本並べて渡し、その上に板を打ちつけて橋にしている。川から、雑木が生い茂っている山際までの僅か十メートル前後の狭い土地を、川に沿ってそれぞれの地主が耕作している。

畑は害鳥よけの古い魚網で覆われ、野菜の他、ハッサクや甘ナツ、ビワ、柿の木等が季節の折々に色づく。

川に沿った畑の行き詰まりに、数本の蜜柑の木の周りを魚網で囲い、その中に鶏小屋があった。囲いの外には犬小屋があり、柴らしい犬が繋がれている。人なつっこくて尾を振っている。

三メートルほどの板橋を渡り、かがみこんで頭をなでてやった。

犬と会うのが楽しみで、その頃からポケットにビスケット類を入れ、出かけるようになった。

誰の飼い犬なのだろうか、連れて歩ければ楽しいだろうし、犬にとってもいいことだろうと思った。

この鶏小屋のすぐ手前で、やはり同じく鶏と犬を飼っている小柄なばあちゃんがいる。

飼い犬は白に茶のまだら模様の中型犬で、ムツと呼んだ。

私がいつも畑の側を通るので、ばあちゃんとは顔馴染みになっていた。

渇水期には、苦手な水揚げポンプを始動させてやったり、ホームセンターから、水まき用のホースを買ってきてあげたりもしたので、親しくものを言うようになっていた。

ある日、あの隣の犬の飼い主は誰かを聞いてみた。

「あん人は弥作さんといって、家は農協の横の……」とばあちゃんは説明する。

なんと、山田弥作といって妻の従兄弟ではないか。私達より十歳も年上のはずだ。

「畑へ行く時にゃ犬を連れて行けば良かとばって、いつも繋ぎっぱなしじゃもんな」

と非難する。

その鶏小屋は弥作さんの家と、山の畑との中継基地でもあるのだ。

その後、畑行きの弥作さんと遇った時、犬のことを聞いてみた。

「孫が欲しがって貰って来たとじゃけん、まだ二年にはならんじゃろう。こまか時にはニワトリに突かれてよう鳴きよった。名はコロというとばい」

「散歩に連れて行ってもいいですか」

と聞くと、弥作さんは、

「よかよか頼みます」

と大いに喜んで上機嫌だ。

「コロは力の強かけん、おいは危なか」

と言う。

その後、「コロ」と呼んでみると、目を輝かせて尾を振った。

それから朝は私一人で、夕方は妻と二人でコロを連れて歩くのが日課となった。

私達にとっても、犬にとっても、約一時間の歩行は、健康維持に必要な運動量であろう。コロは私が来ると、喜びを全身に漲らせて立ち上がり、手招きするような仕草で飛び跳ねる。

それを見て弥作さんは、

「わしには、そげなことをしたことはなか、こんちくしょうが」と言って笑う。

コロを散歩に連れ出すようになってから、弥作さんは、

「おおきに、おおきに」

と喜び、時々自転車で私の家まで野菜や蜜柑を届けてくれるようになった。

そのようにしてコロを連れての歩行は日課として年月を重ねていった。

「コロはあんたが飼わんかの、ようなついちょる」と、弥作さんは時々冗談ともつかぬようなことを言う。

畑行きが早朝の弥作さんとは行き違いが多く、何日も会わないことがあった。

ある日、顔を合わすと、

「コロば廃犬にしようと思うちょる。カネばかり喰うて、いっちょん役はせん、役場が捕りに来るとは何曜日じゃったかい」と言う。

鶏卵もあまりとれてはいないようだ。鶏の飼料、畑の肥料代や、毎年の犬の注射代、ドックフードを合わせると、経費もかさみ、コロを飼い続ける気がしなくなったらしい。

それは、コロを可愛がっている私に、引き継いでもらいたい打診かも知れなかった。

もともとコロは、孫が欲しがったので貰ってきた犬だ。孫が成長するにつれて犬に構わなくなり、この鶏舎に連れてこられた。弥作さん自身は特に愛犬家というものではなく、番犬のつもりで置いているのだ。そして今はその必要も感じないらしい。前からコロを譲りたいと言い、

私は聞き流していた。

遠い昔の独身時代、下宿で無責任な飼い方をして、哀れな死に方をさせた「ナナシ」の苦い経験があった。またその後、結婚してアパート暮らしの時、近くの山をねぐらにしていた柴の捨て犬が、日毎遊びに来、夕暮れには山へ帰って行く「ムシュク」と名づけた犬の、忘れられない思い出もあった。

犬を飼いたい、その願いは田舎に一戸建ての家を造って実現できるはずだった。しかし、隣家との土地境界線の争いもあり、吠えて近所迷惑を考えると、飼うことに思い切れなかった。

コロと歩くようになって、はや五年ほどにもなろうか、私達は、今更センターに出すには忍びなかった。可愛く思う気持ちも強かったが、いま、私達の健康は、コロによって保たれているといっても過言ではなく、時には、「コロ先生」と呼んで敬意を表していた。コロなしにはこうも歩行が続かないだろうことは確かである。

このままではある日、コロはもう保健所に出した、ということになりかねなかった。

私がコロを譲り受けても、家では飼えない事情を弥作さんに説明し、今までのようにここで飼っていいのなら、わたしに貰わせてくださいと言うと、

「ご苦労ばって、そうしてくれまっせ」と承諾された。

話が決まれば後は簡単だ。役場に電話して名義変更を済ました。朝用のドッグフードも、今

まで通り倉庫のブリキ缶に入れることにして買い足した。暫くして、ロープも細いのに替え、首の頑丈な金具も外して軽くした。

その後も、時には弥作さんが与えたらしい魚の骨などがナベの底にこびりついていたり、干涸らびたカニの甲羅や足先がそのまま残っていて、こんなものいくら犬でも食べきれまいと思うのだが、そんな弥作さんの心根がほほえましくもあった。


激しく窓を叩く雨の音で、夜中に目を覚ました。天気は荒れ模様だ。自分名義になった山小屋のコロを思った。

引っ切りなしに閃光が走り、時折炸裂する雷鳴が天空を引き裂く。風が唸りを生じている。動物は息を殺して恐怖に怯えているだろう。野生の動物ならまだ自由だ。コロはロープで繋がれ、崖が崩れようが、洪水が来ようが逃れられない。そんな万一に備え、首輪は最大限に緩めている。そのため、時々私は首輪だけ引きずって歩行していることがあった。コロはその後から付いて来ているのだが、行き交う車から見ればさぞ滑稽なことだろう。

暑い夏の盛りを思い出す。繋いだロープは長くしているので、小屋には入らず、蜜柑の木の根っこにあちこち穴を掘って寝そべっている。直射日光は当たらず、これほど良い環境はめったにあるものではないと思うが、蚊が多いのには手の施しようがなかった。餌を食べている間でも、コロの足元や耳の毛の薄いところには、何匹もの蚊が止まっている。側にいる私達にさえ、払っても、払っても群がってくるのだ。スプレーを使っても、一時しのぎに過ぎない。夕方には蚊取り線香をつけてやるが、小屋にも入らず、わざわざ煙のこない所で蚊に刺されながら寝ている。

自由を拘束され、環境に順応するしかないそんな姿を見ていると、今度生まれ変わる時には、犬にだけは生まれ変わるなよ、猫の方がまだましだ。いや、鳥が自由で一番いい、と思ったりするのだ。

散歩コースの途中の飼い犬を見かけなくなったと思ったら、フィラリアにかかって死んだというのを何度か耳にした。

まさかとは思ったが、コロも一度検査をしてみようと思った。

動物病院での血液検査の結果、コロは既にフィラリアにかかっている、と顕微鏡写真を見せられて愕然とした。元気だから大丈夫だと思っていたが、蚊が媒体のフィラリアは、既にコロの心臓に巣くって成長しつつあるのだ。どうしようもなく、それはそれで受け入れるより他なかった。遅まきながら、毎月病院で薬を貰い、餌に混ぜて食べさせた。それ以外に方法はない。

死に至るか否かは獣医にも分からない。

ムツは、相変わらず独りで徘徊していた。どのような繋ぎ方をしているのか、首のクサリを引きずったままのことが多かった。

山にでも入って雑木にでも引っ掛かったら、出られなくなるのが気がかりだ。県道で車にはねられる心配もあった。

ばあちゃんがムツをしつける時には、子供に言い聞かせるようにやさしいが、聞き分けが悪いと、とても厳しかった。

ムツは、よく汚れて帰って来た。どこでどのようにしてつけて来るのか、全身が炭のように黒いのは、焚き火跡の灰の中で、焼き芋の残骸でも探したのではないかと思える。

家々の路地や周辺の道で、よく徘徊しているムツと出会った。

顔見知りの私を見ると、尾を振って近づき、期待の眼差しで私を見上げる。

「よー、ムツ」

と、声を掛け、ポケットに手を入れると、途端に目を生き生きと輝かせ、嬉々として手のうごめきを凝視する。

だが迂闊に菓子を差し出すと、間髪を入れずにくらいつくので、指先を咬まれそうで要注意だ。

そのようなムツとの付き合いは、二年にもなろうというのに、道で出会って声を掛けても、スタスタ行ってしまうことがある。そんな時には、ムツなりに何か思うところがあって、道を急いでいるのだろう。

「おーいムツ！」

と、いくら呼び掛けても、知らぬ存ぜぬで行ってしまう。変人じみたところのある犬だ。それとも、この親父はコロの飼い主だから、と一線を画しているのかも知れない。


ある朝、いつものように川辺の細道を通ってコロの小屋に向かっていると、五十メートルほど先にばあちゃんとムツの姿が見えた。家から出てきたばかりで、山の畑へ行くらしい。ばあちゃんは野良着で背を丸め、手ぬぐいを被って、籠を背負っている。五メートルほど後から家来のようにムツがついている。腰が曲がって下を向いて歩くばあちゃんは私に気づかないようだが、既にムツは気づいており、しきりに私を見ている。

わたしが何かのサインを出して菓子をくれるのではないか、と気を配っている様子だ。ばあちゃんはそのままこちらに来るのではなく、右折して県道に上がる細道に入った。県道の上には、ばあちゃん所有の竹藪があり畑もあるのだ。県道までは斜めに二十メートルも登ればいい。私はもうかなり近づいていた。

ムツは立ち止まって、私を待っている。

その時、ちょっとしたいたずら心が起きた。ムッに無関心を装い、よそを向いたり、歩みを緩めて山を見たりした。立ち止まってこちらを見ていたムツとばあちゃんとの間隔が開いていた。

その時強く呼ばれたのだろう、ムツはわたしを諦めて、慌ててばあちゃんの後を追った。ばあちゃんは既に県道に上がって姿が見えない。続いてムツも見えなくなった。私は、ばあちゃんとムツが通ったばかりの道を横切って、コロの小屋へ向かおうとした。

その時突然、上の道で激しいブレーキ音と、犬の悲鳴が起こった。

瞬間、私の中で稲妻が走った。

「やった……」

すぐに県道に駆け上がれなかった。

むしろ身を硬くして責任を免れようとでもするように立ち竦んでいた。

車から降りたらしい人声がし、暫く時間が過ぎた。田舎道とはいえ、朝の通勤時で、後続車が何台かつまり出したようだった。やがて、車のドアが閉まる音がして動き出し、後続車も走り出したようだった。

その時の心の動きは何だろう。なぜ、すぐ道路に駆け上がって、状況を確認しようとしなかったのか、車の運転で、犬といえども撥ねた行為に対して、抗議しなかったのか、そればかりか、そんな突発事故を誘発したのが、自分が原因であったことの責任を免れようとでもするように、身を隠していたではないか。卑怯、卑劣、姑息、臆病、身勝手な己の姿を見た思いだ。

ムツはどうだっただろうか……事故の惨状が目に浮かぶようだった。

声がして、ばあちゃんとムツが道をゆっくり下りてきた。

あっ……ムツは歩いていた。「ムツ……」声を掛けた。

ムツは悪いことでもしたように私を見つめている。すぐポケットからビスケットを出して、やろうとする。だが、あれほど何でも飛びつくように口にしていたのに、その気がない。今の衝撃で気が動転しているようだった。

ばあちゃんが言った。

「あたしが道を横切ったら、あとーからムツは来たもんな、いきなり道を横切ったもんやから、それにな、ここは丁度カーブだしな、撥ねられてポーンと飛んだとよ」

「大丈夫ですか、私の車に乗せて病院に連れて行きましょうか」

「いや、よかよか、大丈夫やろ、しばらくそうして休んどけ」

ムツは畑のあぜに座り込んでしまった。痛そうな顔もしていないが、黙り込んだままだ。

急ブレーキと、物が当たる鈍い響きが脳裏に蘇った。相当の衝撃だっただろう。私は何度も菓子で気を引こうとしたが、あれほど元気だったムツが、少しも欲しがらない。

「そうして休んでおれ」

そう言ってばあちゃんは山の畑行きを中止したのか、鶏小屋の方へ入っていった。

いま、私がムツに付き添っていてもどうなるものでもなかった。コロの小屋に行き、ロープをつけていつもの歩行に出、黙々として歩いた。

朝の冷気も、すがすがしさも感じなかった。

ムツに対してとった己の行動を苦々しく思い返した。自分の軽率な行動がムツを事故に巻き込んだ。ばあちゃんが言うように大した事がなければいいと願った。

一時間の歩行を終えコロを繋いだ後、ムツはもう畑の土手にはいなかった。家に連れて帰ったのだろう。

夕方の散歩の時通りがかりに覗くと、ムツは倉庫の暗い陰で座っているのが見えた。ともかく生きている。それは徐々に元気を取り戻していることだろうと思った。

翌朝、ムツのいた倉庫を覗いた。

ばあちゃんは自宅から出てきて、もう倉庫で何やら作業をしている。その側に付き添うように立っているムツの内股から、血が流れているのが見えた。血は内股から膝を伝わり足元に達している。血が床に達しているのかどうか、農具の中に居るムツの足元の状態は分からない。

ばあちゃんに挨拶をし、ムツに声を掛けた。

ムツを病院に連れて行きたかった。原因が私のせいだとは、ばあちゃんも知らないだろう。訳を言って、病院代はわたしが引き受けるとも言いづらく、このまま無事を願うしかなかった。昔、夫を亡くしてから大阪に出、苦労しながら貯金をした。それで今の家を建てたとばあちゃんは昔を思い出しながらいつも話していた。この畑の土手に積んでいる大小さまざまな小石も、ひとつ、ふたつ、と唱えながら毎日積んだという。畑も毎日少しずつだ。くわを持っても余りにも弱弱しいので、はたして畑が耕せるのかと心配になるが、いつの間にか雑草は取り除かれ、畑は耕されて、四季折々の作物を実らせている。

継続は力なりとつくづく思う。

三日目、毎朝の歩行であったが、事故からかなりの時間が経過しており、ムツのことが気がかりだった。

鶏小屋の前から川に沿ってばあちゃんの畑が広がっている。そこに犬小屋とおぼしきトタンを被せた小屋がある。ばあちゃんはまだ作業に取り掛かる前で、野良着のままムツに何やら話しかけている。ムツは立ったまま力なくうな垂れ、ばあちゃんの膝元に頭を寄せている。内股を濡らしていた血の跡はそのままだ。まだ流れ続けているかも知れなかった。

私はムツの名を呼びながらポケットの菓子を探り、差し出した。

その時、顔を上げたムツが、あろうことか私を睨みつけて威嚇するように唸り声を上げた。

瞬間、わたしは目が覚める思いで気を引き締めた。初めて見るムツの変わりようだ。それまで耐えていた私に対する憤りを吐き出すように、それは私との知己に対する決別の唸りのように思えた。今までムツを甘く見てはいなかったか。厳粛な現実を見た思いだ。苦しかったのだろう、耐えられぬほどに具合悪かったのだろう。

「お前のために自分はいま、こんなにも苦しい。もう駄目かも知れない。貴様のせいだ。貴様の思わせぶりな態度につい気を取られた。そのあげくこのざまだ。たかがビスケットだってまともにくれたことがあったか」

ムツはそう言っているように思えた。

ばあちゃんはそんなムツの頭をなでながら、「よし、よし」と言い続けていた。

季節は二月、年間で最も寒い時期だ。だがムツの容態が心配で寒さは感じなかった。昼から雨模様になった。夕方、妻も一緒の散歩を終えた頃には霧雨のような小雨になっていた。

冬の夕暮れは早い。ばあちゃんの家にはもう明かりが灯っている。私達は勝手に倉庫を通って鶏小屋の前から右に折れ、畑の犬小屋を覗いた。

ムツの姿は見えない。ふと気配を感じて犬小屋の後ろの茂みを見た。ムツが小雨に濡れた草むらの中でうつ伏せになって、大きな呼吸をしているのが見えた。背中が大きく波打っている。

ただごとではなかった。命が今にも絶えんばかりに、必死に苦しみと闘っている姿だった。波打つ背中に触るのも憚られた。

もう手の施しようもなかった。

私達は呆然と見ていたが、早くばあちゃんに知らせなければならないと思った。それほどせっぱ詰まった気配が張り詰めていた。妻がすぐに、上のばあちゃんを呼びに行った。出てきたばあちゃんは見るに耐えないのか、私達の後ろに立ったままだ。

一つの命の終焉が確実に、それも間近に迫っていた。

電灯の灯りで草の露が光る。

「ムツー、ムツー」私は口ごもりながら立ちつくしていた。

「ムツゥー」ばあちゃんが後ろから悲痛な声を上げた。

その時、全身のうねりが怒涛のように高まり、暫く続いた。そして、急に静まった。

波のようにうねっていた背中が、急にひしゃげたように落ち込んで、動かなくなった。

臨終だった。

慟哭が喉を突いて出た。

「ムツーごめんよぉー」と声に出して泣いた。

ほんのひとかけらのビスケットのために、それすら充分にあげたことはなかったのに、自分のために、一つの命が絶えた。

妻もばあちゃんもいたが、泣けて涙がこぼれ落ちた。もう殆ど暗く、周囲の草の褥《しとね》が、音もなく小雨に濡れていた。寒さは感じなかった。

「あたしが来るのを待っとったんじゃろう。一生懸命に我慢して、あたしが来るのを待って逝ったんじゃろう」

とばあちゃんは潤んだ声で言った。

静かに時は流れた。だれも無言だった。暫くしてばあちゃんは言った。

「小屋に移しておくれ、わたしゃ抱き上げきらんけん、明日埋めてやろう。撥ねられた時、ぽーんと飛んだけん、もう駄目じゃろうと思うたもんな」とばあちゃんは言った。

私はムツを初めて両手で持ち上げた。温かく柔らかいムツの体は、関節がすべて外れてしまったようにグニャグニャとしていた。

命絶えた瞬間、いきものはこのようになるものか。

古いトタンと板を被せたばかりの小屋に、ムツを横たえた。

辺りは暗かった。懐中電灯をつけて、あぜ道を出た。

その夜、妻との会話は少なかった。

翌朝、気が重かった。いつもより遅く家を出た。ムツを埋めてやらねばならない思いがあった。小川に沿ったいつもの細道を思いを込めて歩いた。

犬小屋にムツの遺骸はなく、ばあちゃんの姿があった。聞くと、朝早く人の手を借りて、梅の木の下に埋めたと言った。

梅とは気づかないほどの小さな木だった。

盛り上がった新しい土に、用意してきた束ねた線香を燃し、差し込んだ。

いつも怒ってばかりいたようだったばあちゃんにとっても、ムツの死は心の痛手であったのだろう。もう二度と犬は飼わんと言った。

その後、腰を曲げたばあちゃんが、ひとり畑仕事をしている姿は、小柄なだけに、いっそう孤独感に包まれていた。

春が来て四月の声を聞くと、サラリーマンの移動や転勤のせいか、捨て犬が多くなるようだ。

そんな頃、やはりどこかで飼われていたらしい柴犬とおぼしい子犬が、コロの前に現れた。

いつものように朝、小屋に行くと、見かけない小犬がいて、私を見て尾を振っている。

またか……と、あの汚れチビの時のつらい思いが一瞬蘇った。

まだ子犬だ。周囲は山と藪なのにどこから入り込んだのか。鍋を被せたドッグフードの入れ物は、ひっくり返して一面にばらばらだ。これはチビの仕業だ。そんなことをコロがしたことがなかった。もう既にアリがいっぱいたかっている。それを掌でかき集めて、鶏小屋の上からばら撒いた。後始末を終えると、コロに引き綱をつけ歩き出した。案の定、チビは嬉々として付いてくる。追い払っても、石を投げても付いてきた。

クンクン甘えるような声を出し、はしゃぎながら付いてくる。

県道を歩くのは僅かな距離だが、それでも頻繁に車が通る車道に飛び出したりで気が気でない。余っているロープでこのチビも繋ぎ、二匹がもつれて歩いた。これは大変なオーバーワークだ。チビは権利獲得したかのように喜んでいる。こんなことはまっぴらだ。山に入ってロープを外した。チビは付いてきながら、ハァー、ハァーと呼吸の音が荒い。体に異常があるのではないかと疑った。首輪の跡はあるようで、分からない。柴犬ふうで、尾は巻き、耳が立っている茶色の犬だ。どことなく気品があり、これほど見栄えのいい子犬を捨てた人の事情を推しはかった。

散歩を終え、コロを繋いで帰ろうとすると、今度は私達に付いてこようとする。声を荒げて手を振り、石を投げたりして、ようやく追い返した。犬はその周辺地域を徘徊しているようだ。

翌朝、日課のコロを迎えに来た時、弥作さんが、鶏に餌をやった後、倉庫から鎌を取り、自転車で山の畑に出かけるのと出会った。

道をよけ、朝の挨拶を交わす。

その時、聞き慣れない若い犬の吠え声がコロの小屋の辺りから聞こえてきた。

「どこん犬じゃろか、コロんとけ来て、おいが石ば投げてくれたばって、そんときゃ逃げてって、またおいに吠ゆっと、あんちくしょうが」

と言いながら自転車をこいで行く。声だけはまだ威勢がいい。

私がコロの小屋に来ると、やはりチビがいた。盛んに尾を振って私にじゃれつく。私がコロの主人で、弥作さんはよそ者と思ってのことだ。彼が去った方と私を交互に見て、忠義立てをするように盛んに吠えている。

このチビは、川べりの畑でも、住宅地域でもどこでも見かけるようになった。

その後、弥作さんは何度もこの犬を見たのだろう。

「よか犬ばってな、あんた飼わんかの」

と、コロをわたしに押し付けていながら弥作さんはそんなことを言う。

ムツばあちゃんも、

「うちも桃子ば飼うたもんな」

といくらか残念そうに言う。ムツの死後、一年ほどして、ばあちゃんは寂しさに耐えきれず、また犬を飼い始めたのだ。

ばあちゃんもチビを可愛く思ってはいるのだが、畑を走り回るのを見ると、

「こりゃ、畑に入んな、こんバカが」

と遠くから手を振り上げる。それでもチビはお構いなしだ。

コロのところに寄生しているから、結果的には私のせいになる。もう、コロが私の名義になっているのをばあちゃんは知っているはずだ。

夕方、コロの弁当を運んで、妻と小屋に行くと、自分の分のように喜んで、鍋に首を突っ込む、コロは側で見守るのだ。

この犬が姿を見せるようになってから、もうかなりの日が経っている。探し犬をしている人も、いそうになかった。飼い犬ではないことは確実だ。

このままでは役場に通報する人が出てくるかも知れない、と気に掛かった。

捨て犬には度々出くわすが、この犬ばかりはセンターに連れて行かれるのは惜しかった。

とは言っても、コロと一緒に飼う訳にはいかない。誰かが飼ってくれれば一番良かった。

最近まで犬を飼っていた県道沿いの鉄工所にも聞いてみたが、もう飼う気がないと頑なに断られた。

かつての職場の同僚に電話で聞いてみたが、何とか理由をつけて断られた。人の気苦労も知らずにチビは元気に畑を走り回る。

ある暑い日、県道わきの電柱に繋がれている子犬がいた。なんとチビではないか、弥作さんの仕業だとすぐに分かった。「どこかに繋いどけ」と彼はよく口にしていた。弥作さんの策略にはまって捕まったのだろう。頻繁に通る車の誰かが、犬を連れて行ってくれるとでもいうのか、夏の暑い日、水も飲まず座り込んでいた。二日ほどそうしたままだったようだ。私はたまらずに解き放った。チビはすぐにコロのところに戻った。

チビを拾ってくれる人がいそうな、どこか遠いところに連れて行こうと思った。どこがいいか妻と相談した。このまま半島を南下したところに賑やかな漁師町がある。あそこに連れて行けば、誰かが拾ってくれるかも知れないと思った。

ある日、コロを小屋に繋いだままチビを誘うと喜んで付いて来た。車のドアを開けると、飛び乗った。乗り慣れているのだ。

私達は南の漁師町に向かった。犬は後部座席でおとなしく座っている。

海岸沿いに三十分も走って目的の港町に着いた。

狭い入り江から島の奥まで、多くの漁船が係留されて揺れている。昼前で人通りはまばらだったが、目につきやすい広場で車を止めた。ドアを開けるとチビは喜んで車を飛び降りた。

私達も降り、久しぶりに来た港町の潮の香を吸った。漁船の油の匂いも混じっている。

今からしなければならないことを思うと気が重い。チビはせわしなく付近を嗅ぎ回り、放尿し、ちょっとの間、建物の陰に隠れた。

私は妻に目配せすると、車に乗り込み、発車させた。一刻も早くそこから離れることだった。帰る途中、運転しながら気が咎めた。可愛い犬のことだから誰か拾い手があるだろう、保健所にやられるよりはましだろう、とみずからを慰めた。家に帰ってからも、放置したチビのことが思い出され気が重かった。

今、自分は捨て犬をした張本人になっているのだ。

しかし、そのようにして、私はチビに悩まされることもなく、平常な日に戻った。

だが三日経ってもチビのことが忘れられなかった。

あれで良かったのだろうか、チビはいい人に拾われただろうか、犬とはいえ、ひとつの運命に手を加えたことに、これでいいのか、という思いが重くのしかかっていた。

三日目、妻と二人、あの町にこっそり様子を見に行くことにした。妻もすぐに同意した。

何かをしようとすれば、今の私達に時間は充分にあった。どうしても忘れられない犬だ。行くだけで気が休まるように思えた。

海を横に見ながら、半島先端に向けて走った。ゆっくり走っても、三十分もかければ港町に着く。三日前の広場に車を止めた。

入り江に入ってくる漁船や小船、人通りもかなりあった。置き去りにした小犬を哀れみ、夫婦それぞれに言葉少なかった。

さて帰ろうかと車を振り返った時、尾を振り、ハァー、ハァー、と親愛の情を込めた目で見上げているチビがそこにいた。

私達は驚きと当惑の交錯した感情に包まれた。それに、チビは汚れがすっかり拭い去られ、きれいになっているではないか、誰かがしてやったに違いなかった。ドアを開けるとすかさず飛び乗った。

今はもう、抱きかかえて車外に出すことはできなかった。対策は後で考えよう。帰りは半島の裏側を通って帰ることにした。

途中、時期はずれの海水浴場で降り、浜辺を歩いた。チビは辺りを走り回っている。しかし私が少しでも車に近づくと、間髪をいれず先回りして、車に乗ろうとする。置いてきぼりにされないように、全身で注意しているのだ。

ドアを開けるとチビが飛び乗った。別の休憩地でもそうだった。私達は仕方なくチビを乗せたまま町に戻った。

なまじ様子を見に行ったのを悔いた。これから先、また悩まされるのだ。前と同じ日が続いた。

ばあちゃんが怒る声も聞こえてくる。

デパートで里親探しの催しがあったが、既に終わっていた。

新聞の案内版に、ペットを譲る欄があるのを思い出した。問い合わせてみると、希望が持てそうだった。早速、新聞社に出向き、手続きをした。

三日目、新聞の「ペット譲ります」の欄に〈柴犬、生後五ヶ月、メス。無料で〉と、載っている。その他、有料、無料の犬の里子相談がいくつも載っていた。

間もなく電話が鳴った。新聞を見た人からだ。電話の主は女性だった。五十キロほど北側の海辺の町、大瀬戸の人で、山崎と名乗った。こんなに遠くの人から即刻連絡があるのはさすが新聞の力だと感心した。彼女は、一応見てみたいと言った。会う場所はその人の都合で、浦上駅前、十時とした。

市内まで出かけることはあっても、浦上方面まで行くことはめったにない。しかし少し足を延ばせばいいことだった。

その直後に掛かった電話も女性で、島原の平田と名のった。柴犬のメスの子犬が欲しいと思っていたが、もう少し早く電話すればよかったと、残念がった。

私は事情を説明し、最初の人との話が纏まらなかったら、電話することにし、番号を聞いた。その後も電話は鳴り続いた。総計二十件を超えていた。後の方は、もう話が決まったからと丁重に断った。

私達夫婦はチビを車に乗せ、約束の十時に浦上駅で待った。

駅前はバス、電車の乗降客や車で賑やかだ。チビを連れ、目立ちやすい所を歩き回った。時間や場所の間違いはないはずだ。

だが、時間がかなり過ぎても、それらしい人は現れない。二時間も待った。住所は大瀬戸とだけ聞いていたので電話局に問い合わせてみた。

大瀬戸での山崎姓は二軒だけであった。

その双方をメモし、電話してみた。出たのは女性だった。事情を話すと、全く関係ない人のようだった。しかし、その女性の話では、もう一軒の山崎さんは、以前に犬を飼っていたようだと言った。田舎だから分かることだろう。続いてその一軒に電話したが留守だった。恐らくここに違いないと思った。約束通りこちらに向かったのだろう。

そして私達を見たはずだ。

昼をはさんで一時頃まで待って、諦めた。確かに電話では、十時に駅前で主人と待ち合わせることになっている、と言ったのだ。

三時間も待って諦め、妻と車に乗った時には屈辱感に翻弄されていた。どこからかチビを見ていたに違いなかった。そういえば、十時頃、駅前広場の入り口付近で停まっていた紺色のライトバンに、男女の姿があったようだ。行き交う電車や、バス停の混雑に紛れて、夫婦で窓越しにチビを観察していたのに違いない。生後五ヶ月と新聞には載せたが、実際のところ自信はなかった。五ヶ月と推定して、大した外れはあるまいと思ったのだ。それにしてもチビは肩幅の広い犬で、あどけない顔で相変わらずハァーハァー息をしている。

夫婦は、自分達が欲しがっている、愛くるしい柴犬のイメージとは異なったので、相談の末何も言わず、立ち去ったのだろう。人を待たせたままの、そのやり口に腹が立った。なぜひとこと断りが言えなかったのか。

しかし、こんな夫婦に飼われる犬に、ろくなことはあるまい、と自分に言い聞かせた。

私達は二十キロの道程を不快な気持ちに耐えて帰宅した。相手はこちらの電話番号を知っているのだ。何かの都合で待ち合わせの場所に来れなかったのなら、改めて電話が掛かってくるだろう、しかし、それはあるまいと確信した。

そして実際に二度と掛かることはなかった。

二番目に電話してきていた島原の平田さんに電話した。

「最初の人はご主人がオスを欲しがったそうで、キャンセルになりました」と、言い訳をした。

平田さんは、メスが欲しかったので良かった、と電話の中で大いに喜び、見てみたいと声を弾ませた。

今まではハスキー犬を飼っていて、一緒に寝るほどに犬好きだという。その犬は亡くなったと声を落とした。

最初が大瀬戸で次が島原と、問題が同時進行しているのはさすがに新聞の力だ、と今更のように感心するのだ。私は何としてもチビの話をつけたかった。落ち合う場所を、島原半島入り口の愛野展望台とした。

相手は希望する柴の仔犬を無料で、しかもわざわざ遠路連れてきてくれることに恐縮した。それにしてもチビのハァーハァーという呼吸の仕方は、ただごとではないような気がしていた。このままでは気が咎めた。とにかく動物病院で健康診断をしてみたかった。

チビを乗せた私達は、途中の病院に寄った。コロのフィラリアの薬を貰う動物病院だ。

獣医は簡単な検査の結果、便にも虫はおらず、異常はないようだと言った。私が生後五ヶ月位と思う、と、事の次第を説明したが、チビの歯茎をむいてみながら、少なくとも三、四年は経っている。生後五ヶ月位の犬の歯茎は、こんなに汚れてはいないと言った。犬の年齢をそんなふうに診るのか、と初めて知った。病院を出ても、どうしても納得がいかなかった。歩く時のハァーハァーという呼吸音は心臓でも悪いのではないか。ことによると、既にフィラリアでも心臓に寄生しているのではないか、それに、年齢の件も、もう一度確認したかった。

私達は車を走らせ、市内でもう一つの動物病院に寄ってみた。この際、診察料がかさむことは気にならなかった。折角もらってくれる人に対して、安心してチビを渡したかった。

診察と簡単な検査の結果、獣医は、精密検査をしてみなければ分からないが、心臓にも特に異常はみられず、年齢は少なくとも三、四歳にはなるでしょう。と、最初の病院と全く同じ診察結果だった。

チビの体調に異常がないことで、私は安心し自信を持った。精密検査をする時間の余裕はなかった。

それにしても、このチビはなんと甘えた幼い声を出すではないか、小犬だからと言って、見かけだけでは判断できないことを思い知らされた。ぶりっ子、と笑い済ませることではなかった。

愛野展望台までの約一時間、チビは後部座席でおとなしくしていた。よほど車に慣れているのだ。時々振り返って語りかける私達に、クンクンと甘えた声で応え、舌を出し目を細めて窓外を眺めているさまは、元の飼い主に思いを馳せているようにも見える。

途中、コンビニでチビの分の弁当も買って、食べながら走った。

昼の展望台は車やバス、観光客で活気がある。チビを引いて車を降り、人々を見渡した。

丁度その時、軽ライトバンから降り立った二人の女性が、近づいてきた。

「平田さんでしょうか」私達は互いに挨拶を交わした。

二人ともチビに視線をやっている。

四十代の若い方の人が平田さんで、主役のようだ。つい先ほど動物病院で言われたチビの年齢のことが頭をよぎった。それについては説明しなければならない。

「いとこが転勤して、犬を連れてゆくことができなくなりました。生後五ヶ月と聞いて預かったんですが、今、病院で健康診断をしてもらった時、もう成犬だと言われたんですよ」と事の次第を説明した。さすがに三、四歳とは言えなかった。主婦は何も言わなかった。もう一人の年配のおばさんは、

「あたし厭よ、こんなの連れて歩くの」

と、小声で主婦に訴えるように言う。

チビは、ハァーハァー舌を出しながら見上げて、私達を見ている。

「こんなにハァーハァー言うものですから、どこかおかしいのではないかと、二つの病院で診てもらいましたが、どちらの獣医さんも異常はないと言われました」と、説明する。

話の中で平田さんは、自分の家は海の近くで、浜に通じた広い庭に、昼間は犬を放し飼いにしていたと話した。そんなところで飼われたら、チビはさぞ幸せだろうと思った。

チビはライトバンの開けているドアから車内にいつの間にか入り込んでいた。

やがて、「連れて行こうか」と平田さんがしぶしぶという感じで言った。

そして、これどうぞ……と彼女は紙包みを差し出した。地元名産のカマボコだそうだ。

無料で犬を譲ってもらえるので、謝礼のつもりで用意したものらしかった。

私は恐縮した。

「ではお願いします」と、私達は万感の思いを込めて頭を下げた。

車は島原方面に向けて動き出した。

いつの日か平田さんは、チビがかなり歳を取っていることを知るかも知れない。

それでもなお、このチビが最高と思われるほどに愛されることを願った。またそれに値する犬だと思った。そして、あの呼吸の仕方が、病的でないことを祈る思いである。

私達は心の重荷から解放され、帰途に就いた。漁師町に置き去りにした帰り道とは違い、心は晴れ晴れとして道程も苦にならなかった。


その後もコロとの歩行は続き、歳月は過ぎていく。

コロに関わって十三年が経っていた。

動作は鈍り、疲れが目立つようになった。耳も遠くなったようだ。視力はどうなのか、散歩に誘っても、動かずにじっと私を見るだけのことがある。それでも何とかなだめて連れ出した。

そんなある日、後脚が萎えているのに気がついた。

えーっと、目を疑った。

なぜ、もっと早く気づかなかったのか。己の迂闊さに息を呑んだ。

そうだったのか、老いはそこまで進んでいたのか。

弥作さんが世を去った後も、山小屋に繋ぎっぱなしで、コロは生涯の殆どを私に尽くした。

もう山回りはやめよう。

後ろ足をよろめかせながら付いてくる姿を見た時、物言わぬこの犬への猛烈な愛おしさが私を貫いた。


山際の一隅の、ムツを埋めた小さな梅の木は、目をみはるほどに大きく栄えた。

それは、厳しかったが可愛がってもくれたばあちゃんへの、恩返しのように思える。

その鬱蒼としたふところは陰になって、年月の経過を偲ばせた。


そして、あれ以来、そう、役場に電話して以来、姿を見せなくなった汚れチビ。もう何年になるだろう。既に、土に帰っているのだろうか。必死に尾を振り、生に執着したあの汚れチビ。

島原にやったチビのように、もっと積極的に働きかけていたなら、救えたかも知れなかった。

弱くも哀れな命を、自らの都合で死に追いやった事実を、遠く思い起こしながらかみしめる。

爆弾アラレ

陽は西に大きく傾いた。

裏に面した部屋は急に明るさを失い、たそがれの気配に濃く包まれていた。

うそ寒いかげりの中で、床に臥した母は動かない。時折、微かに聞こえてくる戸外のざわめきが、雑然とした部屋の静寂をいっそう深めた。

目を閉じたままの母は、痛みを耐えているのか何を考えているのか、僕には分からなかった。

体をさすってやると、気持ちよさそうに目を細めるのだが、それもおっくうである。

僕は窓辺に立って、いかにも悲しそうな様子で外を眺めていた。

父が工場から帰る時間も迫っている。

「ねえ、今日はあまり並んでいないから、大丈夫なんだけどなあ」

そう言いながら、僕は窓枠に貼ったパテを突いては崩し、母の注意を引こうとした。

額を窓ガラスに擦りつけてぶつぶつ言いながら、およそ一時間も経っている。

兄は学校から帰ると、すぐにどこかへ出て行ってしまい、部屋には母と二人きりだった。

昨夜、父に怒鳴られたばかりなのだが、床に臥せった弱々しい母には言いやすかった。

あの公園の広場でやっている満人の爆弾アラレが、どうしても諦めきれないのである。

米や、大豆や、トウモロコシを持って行くと、満人はそれを専用のザルに移し替え、慣れた手つきで焼けた鉄釜にサッと放り込むのだ。潜水艦のハッチに似た分厚い蓋で固く密封すると、満人はハンドルを回し始める。

一升も入りはしない丸い鉄釜は、火の上で回転しながら、やがて灼熱の炉となり、表面は熱で不気味に光り、充満した圧力にかろうじて耐えているようであった。少しでも釜に亀裂が生じると、白熱の鉄片は大音響と共に飛散し、顔に向かって吹き飛んできそうだった。

終わったばかりでぽっかり開いた釜の口からは、穀物の焦げた匂いと、白煙が立ち上り、覗き込むと、目前にあるはずの浅い釜の底は暗黒に包まれて見えない。それは、無限に広がる漆黒の宇宙を思わせた。

少量の穀物が、芳ばしい香りと共に何倍にも増えて返ってくるのは、驚異であり、歓声を上げながらの楽しい遊戯でもあった。

今日は時間が遅いせいか、もう五、六人しか並んでいない。

「ねえ、いいでしょう、今日なら絶対、大丈夫だってばー」

と言って母を見たが、聞いているのか、何を考えているのか、目を閉じたままである。

「きのうも父さんに怒られたばかりでしょう、今日はもうよしなさい」

と、さっき母から言われた時、素直に諦めていれば良かったのかも知れない。あれから母はずっと無言のままである。無視されているようで悔しかった。いま諦めれば、母は沈黙で僕を撃退したことに満足するだろう。このままでは引っ込みがつかなかった。僕が言っていることにどれほど心を動かしているのか、何としても母の気を引きたかった。

病に臥したままの母親を持った子供の哀れさや、構ってもらえない寂しさを、子供らしい狡猾さで演じながら、深いため息をついたり、悲しい表情をしたり、時には涙さえ頬に光らせながら不憫な子に見せようとした。

しかし、反応はない。

「ん……面白くもない」

僕はまた鼻を鳴らした。

米や大豆を袋に入れて、よく爆弾アラレをしに行った。大人も子供も並んでいた。その列に加わり長い時間待ち続けた。父が帰宅する時間も迫り、夕食時だと分かってはいるのだが、順番が近いと惜しくて諦めきれなかった。ようやく自分の番だと喜んでいると、僕の前あたりで決まったように時間切れとなった。長い行列に加わった時も、短い列に並んだ時も、順番が近くなると、そう約束されてでもいるかのように、満人は一日の仕事の終わりを告げるのだ。

待ち続けた人々の落胆の声を背に、満人は機械と燃料の残りをリヤカーに積み、黙々と帰途に就くのである。

いつも同じことばかり繰り返していた僕は、不機嫌な父の、苦々しい顔を見るのが恐かった。きのうもそうだった。帰ると、もう夕食は済んでおり、持って行ったままの袋を下げて、しょんぼり戻ってきた僕の姿を見ると、晩酌をしていた父は、我慢の緒が切れたように僕を叱りとばし、行かせた病臥の母を怒鳴りつけた。

父は晩酌をすると上機嫌になり饒舌になるが、虫のいどころが悪いと普段より恐かった。まだ五、六歳の頃、夕暮れ時に近所の子供達と遊び呆けて遅くなってしまい、暗くなってそおっと帰ることがあった。そんな時、父の機嫌が悪いと、兄と僕は両手に一匹ずつ兎でもぶら下げるようにして、鶏小屋に放り込まれた。

騒ぎ立てたニワトリも静かになった頃、そっと母が助けに来てくれて、家に入れてもらえるのだ。

なるべく父の顔を見ないようにして両手をつき、

「ごめんなさい」

と謝って許してもらうのだ。

母は激しい父との間の盾であった。

僕は窓辺に立ちつくしていた。

赤い夕陽の名残が、裏の家の屋根を染め、夕餉の煙が立ち上っている。

どこの家でもガラス窓には、隈なくパテの目張りがされ、二重窓の間には、のこ屑がうず高く敷き詰められて厳しい冬に備えている。

夏、家々の間で生い茂った緑も今は失せ、畑には小枝や茎が枯れて折れ重なり、それらの残骸は、掘り返された土塊と共に、僅かの暖をも欲しげに淡い光を吸収している。

また寒くなるんだなあ、とぼんやり考えていた。

爆弾アラレの炸裂する音が、微かに聞こえてきた。

支那町へ通ずる一本道を、工場帰りの満人達が空弁当を下げて通っていった。

母の元気な頃が懐かしかった。

あの頃はもう、こんな時間になると、部屋中はきれいに片付けられ、灯は明るく輝き、ペチカは、轟々と音立てて燃えていた。台所からは、たまらなくいい匂いが流れて来て、部屋中に立ち込めた。炒め物をする音はけたたましく、はじけ飛ぶ油の音や、まな板を叩く軽い音は、陽気で期待に満ちていた。白いエプロンを着けた母が、玉ねぎにむせて泣き笑いしながら、湯気と煙の中で忙しそうに動き回っているのを見ると、嬉しくてならなかった。兄と僕は、わざと明かりを消した部屋を作って、かくれんぼをしたり、急に思い出しては、ペチカの下を覗き込み、赤々と映えた灰を掻き分けて、内緒のジャガイモの焼け具合を見るのだった。

それにスズメ捕りも面白かった。

夕方になると、軒下の小さな換気口の突起の上に一羽か二羽のスズメがとまっていた。兄に肩車してもらって、昆虫採集の網をそろそろとレンガの壁に沿って上げてゆき、頃合をみてサッと換気口もろとも被せるのだ。

スズメがいると、ばたばたと網の中に落ちてきた。

あの時は、捕ったスズメを父に見せたら、無造作に毛をむしって焼き鳥にしてしまった。砂糖醤油で付け焼きにし、するめのように突っぱったスズメを父は酒の肴で食べてしまった。

スズメ捕りはかわいそうだから、もうやめようと思った。

母が寝ついてから、もうどれくらい経ったのだろう。あの楽しかった頃は随分と遠い昔のことのように思えた。

「次郎ちゃん」

弱々しく呼んでいる声に僕は振り返った。

「行きたいの？　爆弾アラレ……」

薄く目を開けて母は言った。

「行っておいで、でも早く帰ってくるのよ、でないと、また母さんが叱られるから……」

細い声でそう言うと、少し頭を浮かせて枕元の財布を手探った。

その時、僕はふと、本当に行きたかったのだろうかと迷った。昨夜の父の苦々しい顔と、母を怒鳴った声が脳裏に蘇った。母もそれにこだわっていたに違いない。それでもなお自分は行きたいのか、会話のない寂しさのために執拗に母を責めていただけではなかったのか、そんな思いがぼんやりと心を覆っていた。


ただれたような夕焼けは、人々の顔を赤く染め、笑いと賑やかさの中で僕は、部屋での暗い思いを忘れていた。周囲には、飛び跳ねた大豆や、トウモロコシが踏みつけられて散乱している。

あまり白くない米も、不揃いで貧弱な大豆の時も、満人は他の上等品とひとつも変わらないように膨らませてくれた。

満人は地面にあぐらをかくような格好で座っているが、尻の下には粗末な低い腰掛けが見え、火を絶やさないように時々薪をくべながら黙々と釜のハンドルを回している。

ボロを纏った満人は黒っぽく見え、機械も金網も黒かった。黒づくめの中で、釜に取り付けられた真鍮の圧力計だけが、磨きぬかれて光を放っている。黙って穀物を受け取り、無言で釜を回し続ける年老いた満人に、誰も関心を寄せる者はなかったが、圧力計を見るために腕の力を緩めた時、皆は一斉に期待を込めて彼を見るのである。

順番が回って来た者と、次の者とは急に忙しくなって、慌ただしく穀物を満人の持っているザルに移し替え、備えつけの升で何回分あるかを手早く量るのだ。

やがて満人は大きく息をつくと、重そうに腰を上げ、金網を釜の口に取り付けた。鉄棒を蓋の留め金に掛けて身構えると、子供達は一斉に歓声を上げて耳を塞いだ。瞬間、轟音と共に何倍にも膨れ上がった爆弾アラレ。

円筒形をしたつぎはぎだらけのくすんだ金網の中で、トウモロコシは咲き誇った花のように溢れ、膨らんだ米粒は甘そうに色づき、表皮を反り返らせた熱い大豆は、香ばしい匂いで辺りを包んだ。

男の子が地面に風呂敷を広げて、できたてのトウモロコシをあけて貰い、少しの風でも転げ回るのを、急いでかき集めて包み込むと、カサカサと音を立てたり、キューと鳴ったりした。

子供は立ち上がると、満足そうに皆を見渡してから、包みの中に手を突っ込み、きびがらのように乾燥したものを掴み出すと、手のひらで口を叩くようにしてほお張り、意気揚々と帰って行った。

「僕だってもうすぐだもん」

羨ましそうに見送りながら独り呟き、冷えてきた天を仰いだ。

巣に帰るカラスの群れで空はいっぱいである。

満人が動かしていた手を止め、僕を指して言った。

「キョウ、アト四人ネ、ソコ、ショーハイマデヨ」

今日は僕までという意味だ。良かった！

僕は兎のように何度も飛び上がった。

待ち続け、並び続けた日々の悔しさが、一度に晴れ渡ったように思えた。

喜びと安堵でいっぱいである。誰よりも先ず母が安心して喜んでくれるだろう。偉そうなことばかり言う兄も、膨らんだ袋を持って帰れば、欲しそうな顔をして寄ってくるだろう。嬉しさが込み上げてきて仕方がなかった。

また一人が済んで、香ばしい匂いと熱気が辺りを包んだ。

順番が迫って急に忙しくなった。僕は升を借り、人がしたように自分の大豆を量った。面映ゆい気がする。豆は半分余った。あと半分あればもう一回分あるのだ。

しゃがみ込んだまま考えた。どうしようか、あと半分の大豆を家に取りに帰ろうかと迷った。めまぐるしく考えが浮かんでは消えた。早く決めなければならない。家を往復する時間はまだあった。量った大豆を包み直して並べると、勢いよく立ち上がり家に向かって駆け出した。走りながら、背に焼けるような焦りを感じた。表皮を弾き飛ばして膨らみ、実をさらした熱い大豆が目に浮かぶ。激しい自分の息遣いを耳にしながら、残り少ない人達の終わって行く時間を推し測っていた。

「どうしたの?」

起きて、きつそうに台所に立っていた母は、不審そうに僕を見た。

「あと半分あれば、もう一回できるんだよ」

と言って息を弾ませた。

「……もういいのよあれだけで、どうするのよ、そんなに沢山」

眉をひそめて母は即座に言った。到底聞いてもらえそうもない響きがこもっている。

兄が奥から出てきた。

「馬鹿だなこいつ、できるだけすればいいじゃないか、もうすぐ父さん帰って来るぞっ」

当てが外れた兄は、いまいましそうに言った。

僕は当惑した。自分で量って持って行くつもりだった。母が起きていたのも不満である。だが、時間ばかりが気になった。しぶしぶ外に出て見ると、急に気がせいてきて、再び駆け出した。

公園を見渡せる社宅の角を曲がると、見物人と何人か並んでいるのが見えた。

自分がいた場所に赤いセーターを着た女の子が立っている。さっきはいなかったのにと不審に思った。今日はもう終わりだと、誰も教えなかったのだろうか、息をきらせて近づくと、僕より年上で何度か見かけたことはあった。

厭な予感がした。

赤セーターは、チラリと白い目で振り返ると、寒そうに背中を丸めて鼻をすすった。

僕の包みは横にはみ出し、代わりに彼女のものらしい包みが置かれている。

その遣り口が心に触った。

「僕がここだったんだけど……」

赤セーターは聞こえない振りをして、よそを向いた。

僕は黙って彼女の前に入ろうとした。彼女は強引に間を詰めると、猫のように睨んだ。何がなんでも譲ろうとしない強い肩である。心臓がにわかに音を立て始めた。並んでいなかった自分も悪いと思った。

「さっき僕はここに……」

そう言いながら説明しようとして、ふと手を伸ばした時、思いもかけない彼女の強い力が僕の腕を打ち払った。

余りにも突然だった。待ち構えて、狙いを定めたような一撃である。

人々が気配で振り返って笑った。

僕は羞恥で顔に火がついた。怒りが全身を貫き言葉に詰まった。情けないと焦りながら、うろたえては口ごもった。声は上ずって震え、何を言ったか分からなかった。胸の内は怒りでいっぱいなのに、何もできずに立ち竦んでいた。

赤セーターは、もう、済んだことのように満人の作業に見入っている。そのわざとらしい仕草の中には、余裕さえ浮かべているが、彼女の背は頑として僕を拒否している。

僕はそのふてぶてしさに圧倒された。彼女が大きく見え、遠く及ばない気がした。

その頑なな背を見ると、もう何も言い出すことはできないのである。

屈辱に立ち竦み、情けないと叱咤しながら何もできない自分を、疎ましく思った。

路上の小石ばかりが目に入り、回りのざわめきも遠く聞こえない。

長い時間が経ったように思えた。

並んでいなかった自分が悪いのだ。負けたのではないと思いたかった。

面倒でもあった。一歩を譲れば済むことではないか、こだわることはないと思った。

iwao

しゃがみ込んで手を伸ばし、赤セーターの足元にある自分の包みを後ろに引き寄せながら、この不様な姿を、家族の誰にも見られたくないと思った。自分さえ我慢すればいいのだ。今は惨めで恥ずかしい思いをしても、アラレさえできれば、帰ってから皆の前で威張っていい。父でさえアラレに手を出すだろう。そして兄の前でも得意になれるのだ。それは、この屈辱を補っても余りあるように思えた。

問題になんかしちゃいない、と僕は平静を装って赤セーターの後ろに並んだ。

その時、回転する機械の音が急に止まり、満人が何やら言いながら、こちらを指して手を横に振っている。皆が一斉に振り返った。

「今日はもうだめだってよー」

「坊や、あしただ、あしただ」

見物人の子供も大人も口ぐちに言った。

僕のことだと気づいた時、耳を疑った。呆然として息を呑んだ。しまったという思いが頭の中をかすめた。あと何人で終わるのか、それだけしか満人は考えていなかったのだ。

その迂闊さに僕は動転した。

「また、あした来なさいね坊や」

赤セーターの前の白いエプロンを着たおばさんが言った。

「さっき僕がここにいたんだよ」

と、かすれた声で言っておばさんを見た。

「でも坊や帰ってしまったでしょう、だからスミエちゃんが来たのよー」

そう行って赤セーターの肩に手をやり、

「ねぇー」

とおばさんは言った。

「僕は袋をここに置いとった」

と言ったが、殆ど言葉にはならなかった。

「……でも、今日はもう駄目って言ってるでしょう、また明日いらっしゃい。どうしようもないわ」

エプロンのおばさんはそれだけ言うと、自分の穀物をいそいそと量り始めた。

機械が回り始めて、もう誰も僕に関心を示す人はいなかった。

自ら認めて赤セーターの後ろに立っている今ではもう遅い。

並んでいる意味もなく、未練がましく突っ立っているのは、なお惨めだった。

涙が出そうになっていた。誰かが振り返ったら意外に思い、そして笑うだろう。ここにいれば涙を見られそうだった。

僕は何気ない振りをして包みを拾い上げると急いで背を向け、歩き出した。するると、急に涙が込み上げてきて目に溢れた。誰かが呼んだとしても振り返れそうになかった。

今になって、悔しさが一気に噴き上がってくるのである。

家に帰るのが厭だった。もう父も帰って夕食も済んだ頃だろう。晩酌をしながら怒鳴った夕べの父の顔が思い出された。

赤セーターが恨めしく憎かった。邪険に振り払ったあの手の硬さが、脳裏に焼き付いて離れなかった。

怒りで体は震えるほどなのに、何の抵抗もできずに引き下がった自分が悔しく、情けなかった。訳も知らずに手を振った満人も、そして、知っていながら味方になってくれなかったエプロンのおばさんも恨めしかった。

並んで待った日々の情景が浮かび、あっけなくも惨めに終わった今日のことを思った。

自分も、あの爆弾アラレのように爆発したいと願った。

並んでいなかった自分が悪いなどとはもう思わなかった。あいつは、ただ、図々しいだけだったのだ。

そう思って何気なく振り返った時、帰り行く僕を見ていたらしい赤セーターが、クルリと背を向けたのが、夕もやを通して見えた。

枯れ草がサワサワと鳴って、急に冷たさを増した風が吹き抜けた。

陽は沈み、薄くれないの大空に高く、雁の一群が、その形を自在に変えながら溶けて行った。

サワラ

「サワラ（鰆）」は、スズキ目・サバ科に属する海水魚で、細長い体の大型肉食魚である。

島崎のおんじいは九十歳になるが、まだ小船に乗って釣りをしている。

若い頃からずいぶんと潮風に馴染んできたが、鉄工所を定年退職してからは、思いのまま釣りに出ていき、海に関する知識や腕も漁師と変わらない。

防波堤に繋いでいる船に飛び移ったり、岸に上がる時の軽い身のこなし、時には、かなり重量のあるエンジンを肩に担ぐこともあるから、おんじいの年を知っている者はその元気さに目を見張る。

用事がある時には自転車で走り、海が時化《しけ》て釣りに出られない日には、鎌を持って山の畑に出て行き、小高い丘の上から、野母半島沖の茫洋とした風景に見入るのだ。

腰も曲がっておらず、いくらか小柄ではあるが、丸い房がついた毛糸の帽子を被り、作業衣を着て長靴を履いた姿は、遠目には若い者と変わらない。

広くもない浜には短い防波堤が突き出していて、思い思いの場所に船を泊めている。

潮が引いて船が砂泥の上に座ると、おんじいは目と鼻の先程の自宅から、ドリルとか曲り尺など、大工道具を持ち出してきて船の手入れを始める。

「おんじい、サワラはどうかの、釣れよっとかの」

自分の船のようすを見にきた矢助が声を掛ける。

「この一週間続けて行ったが一匹も釣れん。今朝なんぞは餌も取られんじゃった」

そう言いながら節くれだった手で古びたドリルを回す。

「川しもの徳茂さんは今日も三匹釣ったっちゅうよ。漁協ん冷蔵庫に入っとったげな」

と、浜のゴミを焼いていた平田の女房が口を出した。

「当たるもんはあたる。当たらんもんはあたらん」と矢助は言う。

おんじいは、昨日漁協から買ってきた四十号のナイロンテグスと五キロの鉛で、また仕掛けを作り直してみようと思った。

今度は鉛を増やして、もっと深いところを引いてみるつもりだ。

「なんばしよっとかな」

Teruo Haguihara

補聴器を一緒に買いに行った茂吉が顔を覗かせた。

おんじいは人の良さそうな細い目をしばたたかせ、

「出ドモば付けよっとばい」

と言いながらボルトを締める。

プロペラに藻やビニールを巻きつけた時や、船を接岸する際には、トモに取り付けたエンジンを引き起こす。船尾から踏み板が張り出していると、その上に体を乗り出して作業がしやすく、岸に上がる時にも便利だ。

「鉄工所の主任は器用かもんばい。ばって、えっと体裁の良かもんじゃなかかなあ」

と茂吉は言う。

少しぐらい体裁が悪くても便利さと安全性の方が上まわっているとおんじいは思う。

気温がかなり下がっているようだ。

防波堤の先を通り抜ける波がうねりを伴って、ところどころに白波も混じっている。

沖ではかなり時化てきているのが分かる。

風が出て山手の木々がざわめき始めた。

トロ箱を覆ったカバーが音立ててはためき、カラスが舞い上がる。

早めに帰港してよかった。腹ごしらえでもしてからサワラの仕掛けでも作るしかあるまい、と大工道具を片付けにかかる。

昼飯のおかずに、サワラに噛み切られて半分になったサンマを、二切れ冷蔵庫から出してきて焼きながら、ガスの火を消し忘れないようにと自分に強く言い聞かせる。

食事は自分達と一緒にしてくれと嫁に何度も言われるが、今まで通りが気楽でよい。

火を使うな、水道を出しっぱなしにするなと嫁はうるさく監視する。

「じいちゃんは酒は飲まんけんよかばって、タバコを吸うけんこわか」

と、気が気でないようである。

おんじいが今使っているのは、一部屋と狭い炊事場だけで、部屋の古畳の上には、ナイロンテグス、鉛、ペンチなど、作りかけの釣り道具が散らばっており、それだけが部屋の中で新品の光沢を放っている。

寒々とした炊事場で、湯気のたった飯をよそいながら、この保温ジャーの温かみだけが、加代が今もなお自分に残してくれている唯一のものに思えてならないのだ。

ちゃぶ台の上には醤油差しや、はし立ての他に灰皿とかキセル、鉛などがころがっており、折り尺がくの字になって伸びている。それらを押しのけるようにして、焼けたサンマの皿を置き、昼飯を食べながら、わしはいつまでこうして過ごすのだろうかと思う。

夜中に目を覚ました時など、闇と静寂の中で辺りを見回して、ひしひしと孤独を感じる。

覚悟はできているはずだが、今からもこの寂しさに、終生耐えてゆかねばならない。だが、夜が明けて明るくなるると、気も晴れて救われるのだ。

「ええ奴じゃった、三年近くも臥せとったが、それでもええ連れ合いじゃった」

と呟く。そして、自分の生涯を振り返ってみて、わしゃ、何にもしてやれなかったなぁ、としみじみ思う。

おんじいが釣りから帰る頃になると、起き出してきて家の外に出、ブロック塀に背を預けるようにしながら、港に入ってくる船を待っていた。

その後、症状が進んで寝込んだままになった時も、釣りから帰ってくると、不自由な体を床から起こすようにして顔を向け、良かったなあ、上手やなあ、と力なく笑って応えてくれた。

だが、今は誰に見せる楽しみもない。しょせん釣りなどというものは、見せる相手がいなければ、むなしいものだ。

そう思いながらも、作りかけの道具に手を伸ばす。

だが、九十歳になる老人が一人で海へ出るのを、周囲の者は、元気だからといって笑って見過ごすばかりではない。

「おんじい、もういい加減にやめときない。沖じゃあ危うして見ちゃあおれん」

と忠告する漁師の顔が浮かぶ。

郵便はがき

料金受取人払郵便

小石川支店承認

5815

差出有効期間
平成23年5月
31日まで

112-8790

東京都文京区関口1−44−4
東洋出版 編集部
「ご愛読者係」行

ご提供いただいた個人情報は、今後の出版活動の参考にさせていただきます。それ以外の目的に使用することはございません。

ふりがな		歳	男・女
お名前			
ご住所	〒　　　−		
e-mail	@		
ご職業	1. 会社員　2. 経営者　3. 公務員　4. 教育関係者　5. 自営業 6. 主婦　7. 学生　8. アルバイト　9. その他（　　　）		
ご購入のきっかけ	1. 新聞広告（　　　新聞）　2. 雑誌広告（　　　） 3. その他の広告（　　　） 4. 書店店頭で見て　5. 人にすすめられて 6. その他（　　　）		
ご購入店	市・区　書店名（　　　）		

東洋出版の書籍をご購読いただき、誠にありがとうございます。今後の出版活動の参考とさせていただきますので、アンケートにご協力いただきますよう、よろしくお願い申し上げます。

東洋出版の新刊

※ご購入の書籍の□欄に✓印をおつけください

- □ 爆弾アラレ <小説>
- □ 聖なるかがり火 <哲学·自己啓発>

●本書をお読みになったご感想をお書きください

●本のデザイン(カバーや本文のレイアウト)についてご意見をお書きください

●今後読んでみたい書籍のテーマ・分野などありましたらお書きください

ご協力ありがとうございました

社用欄

「じいちゃん、もう釣りには行きなんな、みんなからやかましゅう言われて困っとよお」

と、嫁の房江も顔を曇らせる。

だが、わしから釣りを取れば、後に何が残るというのだ。黙って家に引っ込んでいて何をせろというのだ。そのうちにきっと身も心も弱り、海へ出るのもおっくうになるだろう。それまで黙って見守ってはくれまいか。人様が心配してくれるのに背いては悪いと思って、なるべく海へは出ないようにと心がけたこともあったが、わしには、他にすることはもう何もない。わしが海に落ちて行方不明にでもなったら、やはり、捜索とか何やらで皆に迷惑をかけるのだろうか。その時はもう構わんでほしい。だが、放っといちゃくれまいなあ、とおんじいは思いにふける。

急に暗くなり、顔を上げると窓の外はみぞれになったようである。今からまた、暫く時化が続き、寒くなるのだろう。

マッチ棒ほどの太さの四十号ナイロンテグスに通したナツメ型の鉛を、半ピロおきにペンチで閉めこんでいく。指先は冷たくて硬く、手のひらはペンチを握り締めた跡形が白くへこんだまま戻らない。

石油コンロに火をつける。手を温めほぐしてから釣り針を用意する。針は大型の引き縄用だ。サワラの鋭い歯に噛み切られないようにステンレスワイヤで固く結ぶ。

釣り期は十一月から翌年三月頃までで、寒の厳しいほど喰いがよい。早朝や、日没時、昼間でも干満の潮が動き出す時間帯には、漁船の動きが活発になる。

遠洋物、輸入物が魚市場に入荷しない時や、時化が続く時には一本釣りの魚は高値となる。釣れた魚を漁協に出しておくと、数日後には勘定が支払われる。それは大きな楽しみであり、実益を兼ねた生活の張りである。

だが、釣れる場所には漁船が多い。小船は油断すると危険だ。

孫の良一の声がして、二階へ上がって行く音がする。

息子の武良は遠洋漁業のトロール船に乗っているので、半年に一度位しか帰ってこない。

嫁の房江はよく山の畑へ出ていき、おんじいと口を利くことは少ない。

高校生の良一は二階の部屋にこもって、いつもロックとかニューミュージックとかいうやつをボリューム一杯に上げて鳴らしている。

停車している車の中では、若者ががなり立てる音楽に合わせて、ハンドルをドラム代わりにして叩いている。車は爆音を轟かせ嬌声と風を巻き上げて走り去る。

時代はあのようにして遠ざかっていくように思える。テレビは賑やかな笑いと陽気さに溢れ、街は若者でいっぱいだ。

そんな世の推移の陰で、弥平おんじいも嘉助も、年寄りは次々と逝ってしまった。

おんじいは、長靴を履き帽子を被り、軍手に鎌を持ったいつもの格好で山道を登る。ゆっくり歩いたつもりだが呼吸が荒い。

海を一望できる丘に腰を下ろして大きく息をつきながら、わしも年ばいなあとしみじみ思う。ここが一番気に入りの場所だ。明るくて暖かく、広々として海を見渡せた。港では分からない海の状態や漁船の出漁状況も一目で分かる。

今日もかなりの船が出ている。

海に迫った断崖の谷間からは、潮風が吹き上げてきて枯れ草を波打たせている。

耳元で鳴る風の音に混じって、漁船の発動機の微かな響きが伝わってくる。

意外な近くでカラスが大きく鳴いて羽音を立てた。

正面には高島が静かに横たわり、廃坑となって無人となった端島がその南にひっそりとたたずんでいる。

その沖に微かに見える岩礁群が、よくタイ釣りをする三ツ瀬だ。あの時見たカジキマグロの姿が遠い映像のように脳裏をかすめる。

野母崎から海を隔てた三ツ瀬にかけての南西の空は、雲間から冬の日差しが降り注ぎ、海の面を白く光らせている。天と海原を結ぶ荘厳な幾条もの光の帯は、ずっと沖まで続き、海上に明暗を分ける。それは天が地を支配している証のようであり、その神々しさに打たれる。

世の中は変わってしまった。自分はいつの間に九十にもなったのか、本当だろうか、夢ではないだろうか、子供の頃も、青年時代も、ついこの前のことのようだが、と指折り数え直したことも何度かあった。だが、九十は夢ではなく現実なのだ。過ぎてみれば何と早いものであろうか。わしはもういつ死んでも構わん。だがあまり人の手を煩わせとうないなあ、とため息をつく。

雲が切れ、日差しが強まると海の表情は変わる。風は止み、穏やかな波は白い幾万もの宝石の粒となってキラキラと輝いている。あの一粒一粒の宝石が、その下の深遠なる海から選び抜かれた珠玉の言葉なら、たも網で一気にザラザラとすくってみたい。言葉の山は諸々の思いで満ち溢れるだろう。

遠くでトビが尾を引くように鳴いている。

防波堤を回って舳先《へさき》を沖へ向けると、暗い海だ。一時間もすれば夜も明けるだろう。対岸の波止場から底力のあるエンジンの音を轟かせて出ていくのは、サワラ釣りの漁船だ。緑色の航海灯が闇の中をかなりの速度で動いていく。

漁船の立てる横波を受けないように舳先をその後方へ向ける。船首の両舷から張り出した二本の竹竿が大きく揺れる。目だけ出した毛糸の帽子をすっぽりと被り、重ね着をした上にカッ

パを着たおんじいは、ひと回りも大きくなっている。エンジンのレバーを握る手には軍手の上からゴム手袋をはめる。濡れた手を風にさらせば、かじかんで動かなくなるからだ。

時折舳先が波頭を叩く。下を向いて冷たいしぶきを避ける。

沖に二つ三つ明かりが見える。防波堤の明かりも遠のいて闇に包まれた時、足元の懐中電灯を消す。暗黒の中に身をおくと、辺りが見えてくる。水平線もおぼろに分かり、島影は闇の中でもなお黒い。

警戒を要するのは漁船の接近だ。周囲を見渡す。後方から航海灯が近づいてくる。右手からは両色灯の赤が迫っている。おんじいは、サーチライトのように強力な懐中電灯の光を周りに振って注意を促す。夜間航行灯を取り付けていないので違反を知らせるようなものだが、危険を避けるために仕方がない。電灯を足元に置いて手袋を外し、銀色に光るサンマの腹に釣り針を入れ込む。考案した独特の仕掛けだ。

漁場はもう近い。黒々と聳える目標の島影を通過して、沖へ向かう。

海が深みを増してうねりを伴ってきた。

快調なエンジンの響きと、船首に当たる波の音だけがすべてだ。

頭上を仰ぎ見る。

若い頃、よく屋根瓦の上に寝て星空を眺めたものだった。そして、いつか死ぬ時には、遮《さえぎ》るものもないどこか山の頂上で、満天の星を見ながら死ねたら幸せだろうと思うことがあった。それは死に向かって生きている人間の、ごく自然な憧憬でもあった。

今、遮るものもない暗黒の海に船を浮かべ、大星雲の海原を航行している。圧倒的な銀河の広がり。壮大な宇宙の深奥に見入っていると、どうしても逝った妻のことが思い出されてしまう。

こぼれるような流星が絶え間ない。

燐光がきらめく暗い海中にサンマを静かに落とす。餌が海中で回転しないように船の速度を落とす。鉛が船べりに当たって、断続的な音を立てて吸い込まれていく。糸を繰り出しながら数え、四十ピロの箇所を、右竿先から引き寄せている繋ぎ環に引っ掛けて海に放る。次いで左の竿には、つの針の疑似餌を付けて海へ放り、五十ピロ流す。夜光を放ち不規則に動いて魚を誘うものだ。

船外機プロペラの立てる後流と、船腹に当たった潮が鮮やかな燐光を躍らせる。

今朝はかなり冷え込んでいる、と身を固くする。

航海灯がそこかしこで動いている。サワラ釣りの船の灯りだ。直進できずにその灯りを避けて方向を変える。

三十分は過ぎた。緩い後流を残して過ぎて行く暗い海中を透かすように見入る。釣れそうな気配をひしと感じる。今日は来そうだ。おんじいは気を引き締める。

「たまにゃあ大物が来んかい」

と海に向かって叫び、ここは山じゃあなかけん、海じゃけんのお、何が来るか分かりゃあせん、と自分に言い聞かせる。

そして、あれから何年になるじゃろうかと思いを巡らす。

あの日、三ッ瀬で見たカジキマグロの雄姿が忘れられない。進行している船の直前だった。尾びれを激しく水面に叩きつけて、百キロを超すと思われる巨大魚が三匹、同時に跳躍した。白銀色と濃青色に輝くムチのような魚体がはじかれたように空に躍った。朝日を浴びた剣状の鋭い吻が三本、吠えるように天を指して光り、凄まじいしぶきを上げて海面に落ちた。かっと目を剥いたおんじいの胸に感動が突き抜けた。予期せぬ二度目の跳躍を見たのはその直後である。息を呑み目を見開いたままその映像を追っただけだった。

その後、二度と見ることはない。あんな奴と一度はやりあってみたいものだ、という熱い思いは今も消えない。

空が白み始め、東方の海面が青白く染まってきた。沿岸や島影、うごめく漁船の姿が浮かび上がってくる。あの日、南へ向かった三匹のカジキを追うように、今、おんじいも進路を南へ向けるのだ。

空は急に明るさを増してきた。付近の海域には十隻ほどの漁船と、二、三隻の小船が両舷に竿を張り出してゆっくりと移動している。

前後を横切ったり、交錯したりするので油断はできない。並行して進んでいた漁船に魚が掛かっているようだ。船の後部で男が糸を手繰っている。時折みせる素早い手の動きの中に緊張感が溢れている。一瞬振り返って進行方向を見、梶棒を素早く押しては糸を手繰る。魚は後方の海面に浮き上がり水しぶきを上げて暴れた。と思う間もなく見えなくなる。手繰る手が止まるのはかなり引いているのだ。それでも船の側までどうにか引き寄せ、反動をつけるようにしてごぼう抜きに引き揚げる。銀色の魚体が躍りながら船内に消える。サワラだ。甲板で跳ねているのが時々見える。

五十メートルほど北側を、すれ違うように進んでくるのは見慣れた船だ。弥助が両手を大きく広げる。釣れたかという合図だ。おんじいは手を横に振って応え、次いでこちらも両手を大きく広げる。相手は片手を挙げ、指を一本立てて応える。弥助は一匹釣っているのだ。さらに弥助は沖の船を指して三本の指を立てた。川しもの徳茂がすでに三匹釣っているというのだ。遠ざかる船を見ながら、おんじいに焦りがない訳ではない。最近よく釣る徳茂の仕掛けはどうなっているのだろうかと思いを巡らす。

その時竿が鳴った。しっかりと固定している竿が、強く引かれて動いたのだ。

来たっ！　と思う間もなく、竿が胴からぐぐっと二度三度大きくしなった。瞬間、仕掛けはこれでよかったのだという確信が脳裏をよぎった。手袋を脱ぎ捨て、繋ぎ環を素早く引き寄せた。道糸に手を掛けて引きながら立ち上がる。二手三手、手練の早業で両手を振り回し、糸を手繰る。強い引きで止まった。締め込むように力いっぱい引きつける……動いた。魚だ。岩礁に引っ掛けたのではない。かなり重い。おんじいは船尾で低く構え、足を踏ん張って糸を引く。久々の手ごたえだ。この強い引きはどうだ。油断すると引きずりこまれそうな強さだ。暗い海底で逃れようとして必死にもがき反転しているサワラの動きが手に伝わってくる。糸を手繰りながら振り返って進行方向を確認し、他船との間隔を保つ。船を止める方が引き寄せやすいが、そうすれば一方の仕掛けが海底に沈んで引っかかる。逃げるな、外れるなと念じながら注意深く糸を引く。手のひらに食い込んでくる重さと、張りつめたテグスの硬さからみてもかなりの大物だ。強引な引きが腕に伝わる。気を張り、たるまないように糸をやっては引きつける。魚は上層まで来て驚き、海底に向かって突っ走る。手繰り寄せていた糸や鉛が、船べりや床を叩きつけるように跳ね飛び、音を立てて海中に吸い込まれていく。それを支えようとするおんじいの手を打つ硬い音がする。苦痛に顔をゆがめ、魚が止まるのを待ってまた手繰る。何度となく繰り返して魚は徐々に近づいてきた。先糸だ。鉛を打っていない先すじは滑りやすい。船の近くに来て魚は縦横に暴れる。プロペラにでも巻きつけば終わりだ。だが魚もかなり弱っているようだ。

やがてサワラは力尽きたように、だが悠然と船べりに姿を現した。息を吞む大物だ。一ヒロはあろうかと思われる。へたをすると猛烈に暴れて取り逃がす。たも網を手探りで掴み、構えた。緊張の一瞬、素早く頭から被せ、船べりにすらせて両手で引き上げ、床に転がす。かっと開いた口から鮮血がほとばしる。

おんじいの息も荒い。

進路を立て直し、一息ついた。

船床を重く響かせて跳ねていたサワラも、やがて静かになった。

険しい眼と鋭い歯、白銀色の体側に並ぶ褐色の斑紋が豹を思わせる。そのしっとりと弾力のある胴にそっと触れて、

「すまんことじゃった」

と呟くように言う。

夜はすっかり明け渡って、船の動きも活発になった。サワラの喰いが立っているようだ。動き回る漁船にも活気が溢れている。

南西に延びる野母半島の山々は、朝もやの中で眠りから覚めた。

頰を刺す冷気の中、東の空が桃色に染まり、裸の太陽が昇り始めた。

陽は次第に輝きを増し、航跡にざわめく波頭を金色に染めた。海も山も空気も、すべてが光を受けて輝き出した。

この素晴らしい眺めと、朝日を全身に浴びて、おんじいは心地よい安らぎを覚える。

人生は、一つひとつ諦めてゆかねばならないものだ。だがわしには、まだこの海が残っているではないか、昼となく夜となく、尽きせぬ魅力と神秘に満ち溢れた豊穣の海。それがまた、明日への気力を蘇らせてくれる。

陽は高く昇り、付近にはもうサワラ釣りの船影は見えない。

空は晴れて海は穏やかだ。

おんじいは、港の方角へ船首を向けた。

プロポーズ

「満州」は本来の表記である「満洲」を使用する。

妹の康子から電話が掛かったのは夜の九時を過ぎていた。

私は早ばやと床に入り、雑誌に目を通していた。

「夜遅くすみません。久しぶりですけどお変わりありませんか」と康子の声がする。

「ああ……」と言いながら、いつもと違うものを感じる。

「あの……ばあちゃんから電話があって、今日、あたしも家に行って来たんだけど、最近じいちゃんの様子がおかしく、呆けて、暴力を振るうようになって……」

「え？……」と先を促す。

「おとといは、夜中にばあちゃんの上にのしかかって殴りかかり、驚いて逃げようとするのをしゃにむに掴みかかってきて、それは大変だったたって。まあ何とか振り切って、信枝叔母さんの家に避難したそうだけど、それからは怖くて家に帰っていないって。いや、飲んではいなかったようよ。もうばあちゃんが、あまり飲ませんとって」

と言いながら康子の話は続く。

それによると、叔母から電話を受けた兄嫁の久美子は、夜勤で遅く帰宅した兄、和夫が熟睡して起きないので、ひとり様子を見に出て行き、本家に入った。茶の間で寝巻を着たまま、うな垂れて座っている父に話しかけると、よだれは垂れ、相手が誰か分からないような据わった目で、しばらく姉を見ていた。そして、何やらぶつぶつ言いながら、膳の上にあったボールペンを取り、緩慢に立ち上がると、それを構えて突く仕草をしながら、姉に二歩、三歩近寄って来たという。顔色は青ざめて歪み、冗談でもなさそうなので恐くなり、姉は「じいちゃんやめて、あたし久美子よ」と言いながら避け、家の中を回って、勝手口から外へ出た。

暫くして縁側から、ガラス障子越しに中を覗いてみると、仏壇にローソクを点しているのが見えたので、驚いて家に入り、

「じいちゃん焼酎買ってきた」

と言って炊事場の奥から探し出した瓶を取り出してきて少し飲ませた。その後、何とかなだめて寝かせつけたという。そして、きのうの昼間は落ち着いていたようだが、母を見るとなぜ

か興奮するので、今夜もまた姉が行って父の相手をし、頃合を見て寝かせつけた。その後、仏壇のマッチや、炊事場の刃物なども片付けたという。

康子の話は続いた。

「こんなことでは先が思いやられるので、世間体もあるけど、いっそのこと病院に入れようかってばあちゃんも言うし、和夫兄さんとも話し合ったの。で、病院をいろいろ当たってみたんだけど、市の老人ホームも今いっぱいだそうで、一応G町のG病院にお願いしたんだけど……。いいえ、電話帳で探したの。何やかにやで、後になって申し訳ないけど、俊次兄さんの承諾ももらわないといけないし、電話しました」

康子の話は一段落したようだったが、次いで思い切ったように言った。

「それにお願い、遅くて悪いけど、今晩来て泊まってもらう訳にはいかんでしょうか、ばあちゃんもそうしてもらえれば助かるって言ってるんだけど……」

と、頼みごとを言ったことのない康子のせっぱ詰まった電話である。

「えーっ？」と、目を剥く思いだ。いきなり憂鬱な問題が覆い被さってきた。百キロ二時間の行程は思っただけでも気が重かった。酒も少しは飲んでいた。

「兄貴がいるだろう」と言うと、

「和夫兄さんは当直らしい」と言う。

遠方のこのM市からわざわざ俺を呼び出さないでも、地元にいる兄貴の都合はつかないものかと腹立たしかった。

「もう飲んだから車に乗れない」

と言って、いったん電話を切った。

側で電話のやり取りを聞いていた妻の松代は、

「お父さんはそんなに呆けちゃいないでしょう。ちょっと何かあったからといって、すぐ入院させるって、どういうことですか」

と機嫌が悪い。

「俺達が行ったのは……」と思いを巡らす。

「あたし達が行ってから、まだ半年も経ってないですよ、朝、帰ったあの時でしょう、どうもなかったじゃないですか」

と妻は言う。私も思い出した。あの日は前の晩、遅くまで父と飲んだ。翌朝、車で出発する私達を機嫌よく玄関で見送ってくれた。それ以来だが、あの時は親父に特におかしいところはなかった。

しかし半年という時間は、さほど短くもないのだ。

母を見ると特に興奮するというのは、いつものような母の態度が原因としか考えられなかった。前の晩、何かあったのではないか。

そうでなければ、急にそんなことするはずがないと思えた。

兄夫婦もすぐ近くではあるが、一緒に住んでいる訳ではない。老夫婦だけの深夜、何をされるか分からないというのでは、たとえ一晩でも、母にとって我慢できることではないだろう。

遠いR市までの行程が思い浮かぶ。だが放っておくのは、なお気が重かった。

康子には電話で知らせ、慣れない松代の運転でその夜のうちに行くことにした。

高速を使わず、街明かりの少なくなった深夜の道を走りながら、最近の父の姿を思い浮かべる。私達が親元に帰るのは年に二、三回位なものだろうか。今回はたまたま半年近くにもなっていた。

最近は父の酒量も落ち、すぐ酔うようになっていた。酔った時には母の意のままにならず、てこずらせるが、それほど深刻なものなのだろうか。

もう二年ほどにもなるが、亡母の三十五周年忌をした時、東京に嫁いでいる妹の幸子も来ていた。テーブルを挟んで父は、幸子がどこの誰だか分からなかった。最初は酔いや視力のせいだと思っていたが、酔いが覚めても、近くで見ても、「わからんなあ、だれかなあ」と思い出せない。「幸子よ、幸子じゃないの」と周りが言い、それでも思い出せないふうで、皆の顔に笑いが残り、口をつぐんだ。

久々に帰郷して顔を見せたつもりの幸子を、ひどくがっかりさせた。満洲引き揚げの時二歳だった幸子については、忘れることのできない数々の苦労があったはずである。

その後、私は家を新築し、見てもらうために両親を招待した。新築の座敷で酒を酌み交わしながら、庭木や部屋の造りなどを見回していた父は、

「ここの家主さんは誰か知らんがえらい金持ちやなあ」

と感嘆の声を上げた。

母が「ここは俊ちゃんの家じゃないの、まあ、あきれたねえ」と分かっていない父を見て声を上げた。

あの頃、もう意識は日を追って混濁していたようだ。一緒に飲んでいる相手が、自分の息子であるのも忘れているのかも知れなかった。息子が家を造ることも、親を安心させる孝行のひとつとするなら、私の家造りは時宜を失しており寂しかった。もっと父がしっかりしている時に、喜ばせてあげられたらと思った。目が見えない、と口癖のように言っていた父は、重度の白内障でもあったのだろうか。検査することも、眼鏡を買い替えることもなく、不具合な総入れ歯も、大分前に作ったきりだった。炭鉱を退職する際、医師は反対したが、父は後々金がからないようにと、まだ丈夫な歯も全部抜いてしまって、総入れ歯にしたのだ。

几帳面に家計簿をつけている母は、支出に関しては特に神経質だったから、眼科にしろ歯科

にしろ、すぐ出費に繋がる病院行きを、父に勧めるのは気がひけた。

焼酎もタバコも、切らしたことはなかったが、いつの頃からか、タバコは危ない、と言って母に止められていた。晩酌の焼酎は絶やすことなく飲んでいたが、決めた量を過ぎると、母がうるさかった。

現在住んでいる祖父の代からの家は、爪に火を点すようにして蓄えた貯金をもとに、少しずつリフォームし、家の中は、昔とは見違えるようになっていた。それは満洲引き揚げ後の生活に追われ、新築こそできなかったが、父の自慢の一つでもあった。

三時間走って辿り着いた家は、もう真っ暗だった。生垣に囲まれた平屋は、闇の中で寝静まっている。この家も、祖父母や、まだ嫁いでいなかった叔母の芳ちゃんが住んでいた頃には、ここを訪れるのがどんなに楽しかったことだろう、と昔を懐かしむ。今は親戚の者も法事の時ぐらいしか訪れなかった。皆、父がけむたいのだ。

そんな父でも、私達にはいつも上機嫌で、厭な顔ひとつしたことはなかった。

暗い裏のドアをノックすると、すぐに明かりがついて、戸を開けたのは兄だった。

「当直は？」と聞くと、

「代わってもらった」と言う。

「へえ」と気が抜ける思いである。隣に住んでいて、あまり父と行き来がない兄としても、この際は当然のことであろう。

「じゃあ、これから俺は帰って寝るから」

そう言って兄は出て行った。

母は隣の洋間に内側からつっかい棒をし、明かりを消して息を潜めているようだ。しかしこれだってガラス戸だから、壊そうと思えば訳はない。父が気づかないだけだ。

母が気配で部屋から出てきて、

「遠いところわざわざすみません」

と挨拶を交わして間もなく、母がそそくさと姿を隠したのは、父が小用を催したようで、前を押さえて茶の間の入口に立ったからだった。「ああ親父、元気にしていた？」と声を掛け、

「お父さんこんばんは……」

と松代が反応を確かめるように言う。

私達と顔を合わせるのは半年も経ってはいないのだ。しかし夜も遅く、いきなり現れた私達を判別するのは、今の父には無理かも知れなかった。

「ああ……」と曖昧な表情が少し緩む。

ごま塩の短い髪や、濃い三角眉毛にも白さが増えたようだ。

「小便？」と問い、肩に手を添え、トイレに連れて行った。一緒に行くことなど初めてである。

電灯をつけ、ドアを開け放ったまま小便をさせる。長い白い陰毛が横にはみ出しているのが後ろから見える。失禁をしたこともなく、徘徊をしたともまだ聞いたことはない。豆電球が点る薄暗い部屋に戻り、さあ寝よう、と子供に言い含めるように言って蒲団に入るように促す。

横に母の蒲団が申し訳のように敷いてある。姉が用意したものだろう。

今までの長い年月、何か事あればすぐに駆けつけ父と飲んだ。いい魚が釣れれば宅急便で送り、週末には車で走って、しゃれた活魚料理を作って父を喜ばせた。

温泉行きの小旅行から、海外旅行、僅かながら月々の仕送り、それは兄弟の誰よりもできる立場にあったし、妻の協力が大きかった。

だから、いくら呆けたといっても私達の印象は誰よりも濃いはずであった。

しかし深夜、この薄明かりの中では、私を判別するのは無理かも知れない。父はしげしげと私を見ていたが、仕方なさそうに蒲団に入った。私も一応、隣の蒲団に入る。

茶の間からは母と松代の抑えた話し声が微かに聞こえてくる。

祖父の代からの仏壇が、薄暗い中で鈍い金色に収まっている。

私は薄目を開けて様子を見ていた。暴力を振るうのであれば、何をされるか分からない不安もあった。

父は寝返りをしてうつ伏せになり、そっと手を出して枕もとの湯飲みをゆっくり持ち上げ、こちらを窺うように見ている。

夜中に喉が渇く父は、必ず枕元に一杯の茶を用意するのが習慣だった。持ち上げた湯飲みで、そのまま行動に出るとすれば、私の眉間は瞬時に攻撃される。急に声を出して驚かせてはいけない。私は小さな咳払いを何度もしながら、眠そうに目を開け、

「まだ寝ないの？」と静かに声を掛けた。

父は小さく頷き、

「ここの人を探しているのです」

と、私が寝ている蒲団を指した。

「ああ」と曖昧に声を出す私に、

「こちらに入ってこんですか」

と、自分の蒲団の一端を持ち上げた。

気分を損ねてはまずいと思い、

「うん」と言いながら、私は心持ちにじり寄って足を入れる。

父と同じ床に入るのは、子供の時以来である。

「もっと入ってこんですか」と、父は蒲団をさらに持ち上げる。

私は大きく入り込む仕草で、蒲団を動かしながら、膝まで入れる。敷布団の間の冷たい畳の肌触りを感じながら、掛け布団を引き寄せ、まんじりともせず朝を迎えた。

一応、父は落ち着いているようだった。

母は洋間から出てきて、ちょっと父の前に姿を現してみた。それでもとくに父の様子に変化もなさそうなので、手を取り、トイレに連れて行った。

今までは、酔ったらだらしない父を叱り飛ばしていた母だったが、今は腫れ物に触るような扱いである。

母と康子と兄夫婦を含め、入院の話は既に決まっていて、私が父の面倒みている訳でもないのに、反対できる立場でもなかった。

取りあえず必要な身辺のものを持って、私の車に父を乗せ、母と、市内から駆けつけた康子が付き添って病院に向かったのは、その日の午前中だった。

渋滞の街を抜け、G町の田園地帯を走り、道に迷っては通行人に病院名を告げて尋ねた。

後部座席で母と康子に挟まれた父は、久々に乗る車に機嫌がよく、常人と変わらなかったが、

「どこに行くとや、早よ帰ろう」と、しきりに言った。

山間の静かな一角にG病院はあった。受付では既に手はずは整っており、CTスキャンを撮るために、看護婦に連れられて暗い廊下の奥に消えた。大丈夫かな……ふと思ったが、暫くし

て父は看護婦に付き添われ、何事もなく検査を終えて帰ってきた。そして、しきりに家に帰りたがった。時折、子供のように廊下で飛び跳ねては、

「どこも悪くないから帰ろう」と繰り返した。

私達は看護婦について病室を案内される。驚いたことに隣の部屋では、ベッドに寝ている患者の一人が、部屋に響き渡る声で、「わわわわ、あわ、あわあわ」と叫び続けている。

一時的なものかと思ったが、声は休むことなく発せられ、止むことがない。一日中続いているようだ。人間の声帯がこれほども酷使に耐えられるものかと驚く。看護婦は慣れていて、別に気にもしていないようだが、これでは父が黙っているだろうか、ふと、不安が心をよぎった。

窓外は山間の緑に囲まれた静かな風景だ。とはいえ、ここは別世界だった。

他の患者はベッドに寝ていたり、家族の者が来て話し掛けたりしている。それらの人に頭を下げてよろしくお願いしますと挨拶する。壁に備え付けられている棚には、洗濯済みの白いシーツ類が畳んで詰め込まれているが、薄茶色の糞尿のしみらしいものが各所に見える。

母が入院の手続きを済ませ、父を寝巻に着替えさせベッドに上げた。私達の気配を察して

「俺も行く」と言う。

よそを向いている間に妻と私は隠れるようにして病室を出た。母と康子が担当の看護婦と話していたが、母だけが廊下に出てきた。

「初めはご家族の方にお願いしましょう」

と言って、用意したおしめを手渡されたという。それを娘の康子に任せて、母は出てきたのだ。

ベッドに寝かされた父の寝巻の下半身がめくられ、康子が前かがみになって、父の膝を立てたり、開いたりして、手を動かしている。私達は目を逸らして背を向けた。

まだおしめをしたこともない父に、もう慣れさせてしまおうというのか。

妻と私は下の駐車場で待った。暫くして母と康子も出てきた。康子は泣いていた。

腹違いの妹ではあるが、早くから家を出ている兄姉達よりも、炭鉱生活以来の晩年の父と生活を共にしてきた康子にとって、このような別れは耐えられないのだ。

この先どうなるか予想もつかないが、退院ということなど、今では考えられもしないことだった。皆は無言で車に乗った。

父を置き去りにするように無言で車をスタートさせながら、これでいいのかと自らに問う声が付きまとう。この山奥に父を捨てに来たのか。戦後の炭坑生活。家族の生活を一手に支えた苦節の年月。汗と苦労でようやく築いた小さな憩いの家から、皆が寄ってたかって引きずり下ろそうとしている。どれほどのことを父がしたというのか。

少しでも早くこの界隈から遠ざかろうとするようにアクセルを踏み込む。

窓に顔を押しつけ、両手で窓を叩きながら助けを求めているような父の顔が、背に張りついて離れなかった。

その日はいったん母達と家に戻った。皆疲れていた。事態が一応収束し、しばし虚脱感に浸った。母はさっそく寿司を取り寄せ、ビールの栓を抜いた。

翌日、妻と帰途に就いたが、入院させたばかりの父が気に掛かり、途中で車を病院へ向けた。時計はちょうど昼を指している。

病棟の各階中央にあるテレビを置いているホールでは、食事時になると、壁に立て掛けている折りたたみ式のテーブルが並べられ、老人達が食事をする。体が不自由でも、食事の際には病室よりここの方がいいと思う老人は車椅子に乗り、ヘルパーさんや看護婦の付き添いで集まってくる。

「ごはんですよ」と、看護婦が各室に声を掛けて、テーブルに四十人ほどの老人達が集まるまでにはかなりの時間が掛かる。早く席に着いてヘルパーさんに胸当てをつけてもらっている老人、つけてもらった胸当てを噛み破り、引き裂こうとして自分の首を絞め、慌ててヘルパーさんがはさみで切り離す。人形を背にくくりつけた老婆に、世話好きらしい一人の老婆が、「ほらほら赤ちゃんが泣いちょる」と教え、負ぶった方は、「よしよし」と、人形をあやしている姿。ホールの入口で下半身裸のままぼんやり立っていて、看護婦に大声で注意されている老人。

テーブルに両手をついてよろよろと伝い歩きしている老婆。いつもは見かけない光景ばかりだ。

父はと見回すと、もう殆どが着席しているテーブルの下に潜り込んでいるのだ。

「え?」と思って覗き込むと、父は四つん這いになり、新聞紙を丸めて、床に止まったハエを追っているようだ。その姿は、今や紛れもない呆けの症状だった。

狙いを定めて叩いた瞬間、ハエは飛んだ。下から這い出てきた父は、テーブルの縁につかまってよろよろ歩いている老婆の背に止まったハエを打とうとして、丸めた新聞紙を振り上げた。だが、一瞬ちゅうちょし、手で掴もうとした。その瞬間ハエは逃げたらしく、掴み損ねた手を伸ばしたまま顔を宙に泳がせた。

老婆の背中に振り下ろさなかったのが、せめてもの救いであった。まだ父の中に理性のかけらを見た思いである。

今までは、さほど感じなかった呆けの症状が、こうした公の場で見せつけられると、信じない訳にはいかない。

もう一人、テーブルの下に潜り込んでいる老婆がいた。塵取りを片手に掃いて回るのだが、小さな汚れでも床の上にあると、爪でこすり、それでも取れない時には、唾をつけてリノリウムの床をこすっている。

父がまた潜り込んでいった。私はたまらずに駆け寄り、覗き込んで、出てくるように言うと、一緒に掃除をすると言う。もういいからと言って腕を取り、引っ張り上げて食事の席に着かせた。

ホールは食物と便の匂いが漂っている。献立は殆どがミンチ状で原形を想像することはできない。やがて食事が始まった。介添人の助けを借りて食べ始める老人、ぎこちない仕草でスプーンを持ち、口に運ぶ老婆。

白髪の老人達が無言で食べる音のない光景は異様でさえあった。それは羅漢像であり、石仏群を思わせた。

最近テレビでしばしば見る特別養護老人ホームの内幕を、自分とは別世界のことだとばかり思っていたが、何と、いま自分は父を介してその真っ只中にいるのだった。

昨日、自分はどこも悪くないから早く帰ろう、としきりに言って病院の玄関で子供のように跳ねてみせた父は、この二十キロも離れた山奥の病院に、もうすっかり馴染んでいるように見えた。自分がいつ入院したのかさえ分からないだろう。だが目が合うと、やはり何かを感じるのか視線を外さない。帰り支度をすると、

「俺も行く」と言う。

父がよそを向いている時、妻と私は陰に隠れて病室を出た。

山間の村を抜け、国道に出て走りながら、何年となく通い続けた時間の長さを思い出す。

「しかし、この道もよく通ったもんだな」

「ほんとねぇ、二十年、三十年……いや、もっとよ」

初めの頃は中古車のポンコツで、冬には毛布を膝の上に広げて走ったものだった。それでも帰省が途絶えることはなかった。

あの頃はまだ道も悪かったのに、朝から飛ばして会社に間に合わせ、元気だったものだと思う。

いつも夕方の帰り際が大変だった。

「明日の朝帰ればいいじゃないか」

と、いつものことながら酔った父が取りすがるようにして止めるものだから、つい哀れになって泊まってしまうことが多かった。

そして遂には遅くまで父と飲み、記憶も定かでなくなっていた。

「ゆうべは何時まで飲んだんかな」

「一時も過ぎていたでしょう」

「どんな話をしていたんかな……」

「満洲のこととか、何か訳も分からんことをぐすぐす言っていたじゃない」

「ふーん」と言いながら、飲み過ぎの気分の悪さもあって、今度から早めに帰ることにしようと思うのだ。

「でもお母さんは、夜どんなに遅くなっても、最後まで付き合って、朝にはちゃんと間に合うように食事の用意もしてくれて、あれだけは感心しますよ」と、松代は言う。

その後、職場では仕事が忙しく残業が続き、すぐには病院へ行けなかった。

一週間後、母に電話すると、病院へはその後連絡していないと言う。意外であった。一度ぐらいは様子を確かめたくなるのが普通ではないか。

戦時中ののっぴきならぬ再婚とはいえ、その後、苦節の四十年を超えて連れ添ってきた伴侶に対する、それが精神の総決算であるというのか。

病院に電話して面会の時間を訊いた。

翌日、昼から休暇を取り一人で病院を訪ねた。午後は道路も混んでおらず二時間で着く距離だ。

ベッドに父はいなかった。聞くと、

「さっきは向こうの廊下にいましたけどねえ」と看護婦が言う。

角を回って廊下を見ると、先日テーブルの下に潜り込んでいた老婆が、しゃがみ込み、緩慢な動きで床面を掃いている。その向こうに、同じ柄の寝巻を着た老人が小さくなってうずくまっていた。

まさかと思ったが側によって横顔を見たとたん愕然とした。父なのだ。それはもう人間というより、何か奇怪な小動物という感じでうごめいている。

今まで見たこともない衰弱しきった姿だ。

「やられた!」と瞬間思った。

「注射だ、注射をされたのだ」

また乱暴でもしたのか。そしてやられたのだ。注射に違いない、と確信した。僅か一週間の間にこれほど人間が変貌するものか。

その異常な姿に言葉が出なかった。

怖れと同時に、怒りすら感じるのだ。暗澹たる気持ちになった。

跪いて肩にそっと手を乗せ、顔を覗き込むと、焦点の定まらない酔ったような上目使いで息子を見上げた。力ない虚ろな目で何かを探るような目つきで見ている。

もう生きている限り、戻りようのない記憶の底からの惜別の目か。

洗面所に連れてゆき、総入れ歯をはずした。腐臭のヌルヌルする食べかすが盛り上がって付着している。息を詰める思いで洗い流し、口をすすぐように言うが分からない。自分でやって見せて手本を示すがうまくいかない。コップで水を飲ませ、そのまま入れ歯をはめ、シェイバーでひげを剃ってやった。

その夜、医師と婦長に会い挨拶をした。面会時間も終わりに近かった。帰り際がつらかった。何か感じるのだろう、一緒に行きたがった。隙を見て姿を隠し、病院を後にした。

夜、兄に電話をした。兄もまた病院に何ら連絡を取っていなかった。

今日の父の状況を報告し、

「このままでは親父は死ぬぞ、どこか別の病院はないのだろうか……」

と、電話の一本もしていない兄をなじった。それは父、佐藤武吉の晩年の姿だった。

武吉は九州R市の片田舎で生まれ、七人兄弟の二番目として育った。幼少の頃から気性が激しく、両親を手こずらせた。

ある時は、木から落ちたといって、下半身血みどろになって帰ってきた。母親のキヌが驚いて傷口を調べると、なんと睾丸がないではないか。キヌは仰天した。転落したという山の現場を案内させて睾丸を探し出し、医院に駆けこんで元に戻してもらった、と祖母は火鉢に手をかざしながら昔話をしたが、そんな時でも泣き顔ひとつ見せなかったそうだ。父親の作蔵が酒を買いにやらせると、武吉はそれをおおかた飲んで、酔っ払って帰ってきたこともあった。

小学校に入ってからも喧嘩が日課で、先生からの苦情が絶えなかった。学業成績悪く、優秀な兄の修一といつも比べられた。ある時は作蔵が怒って、そんなに勉強が嫌いなら教科書なんか捨ててしまえ、と怒鳴った時、武吉は、「よし」と言って、ナタで本を全部叩き切ってしまった。

だが、弟や妹の面倒見はよく、学校から帰ると、幼い弟や妹を背負って子守りをした。学業はおろそかであったが、運動神経は秀でていて何をしてもすばしこく、勉強以外で負けることはなかった。

一方、兄の修一は全校でもずば抜けた秀才で、背丈も誰よりも高く、運動場で朝礼の時、壇上で全校生徒に号令を掛けた。皆より小さい弟の武吉は最前列で兄の号令に従っていた。大人になってからも、兄貴は勉強は一番で、背丈は六尺何寸だとか、鴨居は屈まないと頭を打つとか、自分のことのように自慢していた。何かと劣等感を持っていた武吉にとって兄は憧れの象徴であったのだろう。

その頃父親の作蔵は、R市の軍需工業所を経て、大連の南満洲鉄道工場に入社が決まり、一家を挙げて大連に移住することになった。

日露戦争の勝利後、日本はその報償として、ロシアが清国から租借していた大連、旅順の遼東半島南端と、ロシアが経営していた東清鉄道の一部使用の利権を手に入れていた。

建設途上の都市計画を放棄して撤退したロシア軍は、緊急退去のためか、いずれまた自分達がこの地を奪還することを信じてか、あるいは、自ら手がけた美しい街を破壊するに忍びなかったのか、殆ど無傷のまま大連を去っていた。

帝政ロシアの壮大な都市計画を受け継いだ街は、電気水道ガス等の都市基盤施設の建設が槌音たかく進められ、その後は日本人建築家の設計によって、堂々たるヨーロッパ風の豪華で瀟洒な建築が街を埋めていった。

九州の片田舎から出てきた武吉達にとって、国際都市大連はすべてが目を見張るものばかりであった。

兄弟達も皆、大連で学校生活を送ることになり、大連の生活に馴染んでいった。

兄の修一は独力で苦学の末、大連の一流外資系の銀行に入所し、弟の哲之、その下に続く妹達はまだ小学生だった。

武吉は満鉄職員養成所に入り、旋盤技術を習得しながら青年期を迎え、その後の生業として終生旋盤と付き合うことになる。

しかし性格は変わらず、青年となって、飲む打つ買うの荒い生活が日常の一面でもあった。反面、仕事にもスポーツにも熱心で、大連工場では数千人の職員の中でも陸上部で頭角を現し、短距離では、オリンピック招待選手と一緒に走ったりもした。グラウンドで写ったスパイク姿の写真には、よく股ずれがしたという太股と、小柄ながら逆三角形の体躯は逞しく輝いている。卓球も工場では常に優勝し、その他、槍投げ、三段跳び、相撲、柔道、と多くのスポーツをこなし、いずれも人より秀でていた。

当時、大連ではスポーツの中でも特に野球が花形であり、街を挙げて盛んであった。東京におけるノンプロの都市対抗野球大会では、第一回から第三回までの優勝チームは、大連満鉄クラブ、と大連代表の実業チームに輝き、栄光の黒獅子旗が海を渡ってきた。大連の日本人にとってそれは生活を彩る華やかさであり、都市近代化の象徴でもあった。武吉は小柄ながらショートや投手も務め、敏捷で卓越した技に人々は目を見張った。チームの優勝写真の中央に、いつも精悍な武吉のユニフォーム姿が写っていた。

日清、日露戦と大国に勝利して世界を驚愕させた日本は、資本主義と軍事力を飛躍的に発展させ、今や列強と肩を並べて一歩も譲らず、前途は洋々として阻むものはなかった。満洲建国の理念である五族協和、王道楽土、満蒙開拓、を旗印に大東亜共栄圏、行け新天地へ、といったスローガンが人々の心を鼓舞するようにしてはためいた。

騎虎の勢いに乗じた関東軍は、満鉄線路を自ら爆破する柳条湖事件をでっち上げ、これを理由に満洲事変に突入。政府中央の戦争不拡大方針を無視して、大陸に侵攻していった。

国民は挙げて歓呼の声援を送り、若者は無限の可能性を秘めた満洲へ憧れた。

母、清子は九州の天草から渡満し、満鉄病院で看護婦をしていて武吉と知り合い、結婚した。清子は、厳格な教育者である父親のもと、温和で頭の良い七人姉妹の長女として育った。記憶にある母の面影は、口数も少なく、静謐な内面に苦渋を押し包んでいるような感じであった。清子さんは良くできた人、と誰もが言い、奔放な性格が抜けない武吉との間で苦労が多かった。

長男の和夫が生まれ二年後に僕が生まれた。

旋盤技術を習得した武吉は三十歳でハルピン（哈爾濱）に転勤することになる。

北満行きは、独身の頃の身軽さはなかったが武吉にとってこの上ない魅力であった。

ハルピンは大連より北へ、約千キロに位置する。

明治三十一年（一八九八）、帝政ロシアが満洲支配の拠点として築いた街である。ロシアが、東清鉄道の建設に乗り出した時、満洲平原を北西から南東に横切る鉄道と満洲一の大河、松花江が交わる地点がハルピンであった。

陸上交通が未発達な満洲では物資の集散は河川を中心に行われていたが、満洲支配のためには、その河川と大量輸送機関である鉄道が交わる地に支配拠点を作ることが必要であった。ハルピンはこの極東進出の拠点として都市建設の基盤となった。

二十世紀に入って本格的な都市建設と繁栄が始まると、多数の中国人やロシア人が集まり、次第に大きな集落が形成されていった。

大正六年（一九一七）、ロシア革命後、赤系であるソビエト政権に反対し、国外に亡命した無国籍の、即ち白系ロシア人が多く、建物はヨーロッパ風の堂々として瀟洒な建築が多く見られ、東洋のパリ、モスクワと呼ばれた。

九州の片田舎生まれで、大連のエキゾチズムに魅了されていた武吉だったが、ハルピンは大連より歴史も古く、東洋のパリと呼ばれる歓楽都市へ夢が膨らみ、心騒ぐのだった。

最初の一年間はハルピン工場勤務で、四人家族はロシア人のアパートに住んだ。

武吉は、工場では新たな作業に熱中したが、仕事外では相変わらず奔放な生活だった。

歓楽の夜の街は限りなく広がり、豪華で経験したことのない世界だった。盛り場はさまざまな人種で溢れた。嬌声と紫煙の中で妖艶なロシアのダンサーと飲んで踊り、洒落た洋服に鼻髭を蓄えてビリヤードに興じ、仕込み杖を手にして夜の街を闊歩した。麻薬の巣窟でもある迷路のような区域には、兵隊でも一人歩きすることは禁じられ、一度迷い込んだら抹殺されて闇に葬り去られかねない危険区域も多かった。

一時期、騎手になることを夢見た馬好きで小柄な武吉は、大興安嶺山脈を根城とし、拳銃片手に砂塵を上げて大平原を駆け巡る馬賊にも憧れた。しかし所詮は若い日の夢であり、今は家族持ちの満鉄職員である。不動の満鉄のもとで、前途には身に余る展望が開けているように思えた。狭い日本に魅力はなかった。

一年後、予定通り転勤命を受けた。勤務地はハルピン郊外の三棵樹《サンカジュ》である。かつては匪賊が出没する荒野の中の一寒村であったが、関東軍がハルピンを占領した後、満鉄が入って、最新設備を誇る鉄道工場を造った。施設は松花江に沿った広野の中にあり、周囲は長々と鉄条網が張り巡らされて要所には監視塔があり、それらを囲む高電圧線が不気味な唸りを発している。草原の中に陽を浴びた工場の建物が連なっていた。

やや離れた日本人居住区には、駅、学校、公園、厚生会館、診療所、生計所、グラウンド等を中心に、レンガ造りの社宅が並木に囲まれて、整然と並んでいる。支那町との境界の東西両端には、約七百戸の社宅を見守るように青年隊舎や独身寮が建ち、それらを合わせると日本人だけで三千名に達していた。

秋は工場の総合運動会で賑わい、冬はスケート大会で親睦を深めた。

さらに社宅や施設は増え続け、拓け行く村に槌音が絶えなかった。ハルピンへは直線距離で六キロ。その間には雑多な支那町があり、松花江沿いに迂回する列車では十分の距離で、街へ出るのに何ら不自由はなかった。

現地人の対日感情はかなり緩和されており、強力な軍の庇護の下で、人々は平穏な日々を送っていた。

仕事も順調で、旋盤は器用な武吉の性に合っていた。武吉は人の面倒見もよく、日本人、満人の部下も増えた。

家ではよく宴会をして人が集まった。父はいつも宴席の要で、飲むほどに、酔うほどに大人達の声は賑やかになり、宴たけなわになると、皆で手を叩きながら唄い、襖からもれる明かりを見ながら眠れない夜があった。そんな夜遅くには、寝ている僕の蒲団に入り込み、酒くさい息を吹きかけながら、髭面をこすりつけて抱きに来るのだ。厭だとは言えず、されるままになっていた。父は恐い存在だった。世の中の父親というものは皆恐いものだと思っていた。

ある夜、畳が響き電灯の影が走ると同時に頬が鳴る音が響いた。父が母を打ったのだ。

「叩っ切ってやろうか」

と、床の間の日本刀に手を伸ばす気配があり、酔った声は上ずって、かっとすれば何をするか知れない父に僕は怯え、母が興奮した父に逆らわないように念じながら、隣の部屋で息を潜めていた。カフェーやキャバレーの女のことだったのかも知れない。

僕達がもっと幼い頃、深夜にロシア人のダンサーを家に連れて帰ったりしたそうだ。母はそれにどう対応したのだろうか。鼻髭を蓄え、洒落たなりをした父が、ロシア人の女と肩組んで写った写真が、家には何枚もあった。馴染みのダンサー、ナジャもその一人だ。

母は、いい人、本当にできた人、と非の打ち所の無い人のように誰からも言われた。それは反面、母が常に不条理に耐えていることを指すのではなかったのか。

父は酔った時、僕達に向かって、

「お前達、もう母さんなんかいらんよなあ」とか、

「早よ死ね」と、母の前でからかうように言うことがあった。

もっと僕が幼い頃、よそにお嫁に行くのは厭だ、と不安に駆られて母にまとわりついた記憶があるのは、親の会話の中にそのような不穏な言葉のやり取りがあったのかも知れない。

しかし反面、父は子煩悩で家族思いでもあった。そんな思い出は数限りない。

まだ幼い頃、野外スケート場で頭を打たないように、僕らの背中に座布団をくくりつけて練習させてくれたそうだ。そのお蔭で僕達兄弟は学校に入ってから、スケートは抜群に速かった。

また、僕が風邪で寝込んでいる時、父はたて長の鏡台を枕元に運んでくれて、兄が屋外でしているタコ揚げを鏡に映して見せてくれたりした。

また時には満人の料理人が来て、家の炊事場で豪華なシナ料理を作ってくれた。工場の満人だそうだ。次々に珍しい料理が食卓に運ばれ、その度に料理人は僕達を見て、

「テンハオ、イチバン！」

と大きな目で親指を立てて笑った。満人達にも父は人気があるようだった。

気が利いて活力に溢れた武吉は、大連以来、野球部の部長も兼ねていた東大出の工場長、藤堂隆盛の信望を得ていた。ある時、ブローニングの猟銃と拳銃のいずれか一方を選べと言われ、武吉は猟銃をもらうことになる。

家の床の間には、鈍い光を放った銃と、白さやの日本刀一振りが立て掛けられており、兄と僕はそれに触れることは固く禁じられていた。

だが休みにはカモ撃ちに連れて行ってくれた。猟に行く時には銃と釣り竿を持っていくのが常だった。社宅から三十分も歩けば満人部落も過ぎ、なだらかな起伏の多い湖沼地帯に入る。沼や川ではミミズを付けた釣り糸を垂れるとすぐにウキは沈み、大型のフナや鯉、ナマズ、が面白いように釣れた。

空を覆い尽くすカモや雁の大群は、大地を圧し空気を揺るがす羽音を轟かせ、頭上を陰らせて飛翔する。急降下、急旋回して周囲の湖沼へ降り、二、三羽が急に飛び立っては、偵察でもするように、低空を風を切って飛んだ。着水してすぐ側にいるカモの群れに、父がふざけて土手の陰から鳴き声を真似してみせたりした。天に向けて父が銃を発射する時、僕達兄弟は息を詰めて両手で耳を塞いだ。雪原でゴマをまいたように散開するキジの群れは、硬い羽音を立てて一斉に飛び立った。

父一人で遠出する時には、兄と僕は連れて行ってもらえなかった。そんな時には帰ってくるのは夜更けで、翌朝目を覚ました僕達に、

「玄関を見てみろ」

と言い、飛び起きて見に行くと、床の上には手製の大型リュックサックから出された、カモ、ガン、キジ、ウサギその他、珍しい獣などが転がっていた。それに、朝鮮人部落で歓待されたといって、モチ等をたくさん貰ってきていた。昼間に一、二羽の羽毛をむしっておくと、夕方父が帰ってから料理に取り掛かり、兄と僕は側に付きっきりで見ていた。

「鳥は食うてもドリ食うな」

と言いながら、父はいつも不気味な色をした内臓の一部をつまんで捨てた。

「キジを食うと三年の古傷も治るぞ」

と言いながら、切り身を鉄串に刺して焼き鳥にし、砂糖醤油のタレをつけて熱いのを焼けた順に手渡してくれる。僕達は熱い鉄串で口の端を火傷しないように気をつけ、フーハフーハ言いながら食いちぎるのだ。

父は飲みながら猟の話を始め、それを聞くのが楽しみだった。

数匹の野犬に襲われ、銃口に噛みついた一匹に、思わず引き金を引いて倒し、他の犬は逃げたので助かったとか、撃ち落としたと思った大ワシに近づいて触れた途端、飛び掛かってきて

掴まれ、皮手袋を通してワシの爪がバリバリと手の甲に食い込んだ。かっと開いた嘴が迫り、獣のような唸りを耳にした時、やられると思い、とっさに振り払って撃ったら首が吹っ飛んだ。満人達が、いつも子豚や鶏をさらって行く奴を退治してくれて謝々、と喜ばれた。という話を聞きながら、手の甲に巻いた痛々しい包帯を見、切り取って来たワシの、羽毛に覆われた太く猛猛しい脚に触って、息を詰めるのだった。

カモ撃ちの自慢話もした。猟犬を連れたロシア人が先に撃ったのが当たらないで、続いてもっと高く飛んでいる奴を父さんが撃ったら落ちた。ロシア人が驚いて、あんなに高いのをよく当てたと誉めていた。と銃を空に構える格好をしながら得意げに話すのだった。初めは面白く聞いたが、飲んでいつも同じことを言い出すと、また始まったと思い、一言一句も間違わないで前回と同じことを言うのを、感心したものだ。

またある時は、水筒の水を求めて満人の民家を訪れ、カモやキジを二、三羽、満人にあげたら喜んで、もう遅いから泊まって行けと言う。そのつもりになって主人とパイ酎飲みながら話が弾んでいた。夜遅くなっても、纏足《てんそく》した母親らしい老婆が側から離れないので、

「ハヤクネレヤー」と主人が怒ったら、

「オデネムタイナイヤアー」

と応えた、と父はその声色を真似して笑った。

その後、いつとはなしに父はその言葉をもじって、

「オデ死ニタイナイヤー」

と戯れ言を言うようになった。

しかし父の話は面白く、九州の従兄弟達は父が行くと満洲の話をねだった。秀才の父親を持ち、子供達にとって豪快な話などなかった従兄弟の三人は、武吉叔父の満洲での武勇伝を聞いては喝采した。

散髪は厭だった。切れないバリカンで刈られると痛くてたまらず、時を告げるオン鶏のように首を伸ばし、刈りにくいと言ってはバリカンでコツンとやられた。まだ幼い弟の昌男などは、刈り終わるまでにひと泣きするほどである。刈り終わって、顔を剃られる時には、中腰になった父の息がまともに顔にかかったが、それは心地よく温かい息吹だった。

また、月に一度ぐらいは工場の仲間、七、八名が集まってお謡いの会が開かれた。

人々が集まり、襖を閉めた隣の部屋は、一瞬静寂……やがて父が朗々と喉を震わせ格調高く謡い始める。

「竹に生まるるうぐいすの〜、竹に生まるるうぐいすの〜」

次いで皆が一斉に唱和する。

「これは竹生島《ちくぶ》参詣の者にて候〜」

「そもそもこれは……弁財天とは我が事なり……」

生涯を、この満洲の大地に預けて悔いない大人達の謡い声が、仰々しくも、また高らかに夏の夜の闇に吸い込まれていった。

太平洋戦争が始まった昭和十六年、僕は国民学校一年生となった。翌年には祖父も定年を迎え、それを機に住みよい大連を後にして内地に引き揚げていた。

いつの頃からか、母は具合が悪く、治療の経過もよくないまま、過ごしていた。

ある年、療養もかねて母のふるさと天草に帰った。

戦況は逼迫していて、アメリカの潜水艦による客船の撃沈も多く、船上での訓練は二度としたくない恐怖の体験だった。乱打するドラの音で飛び起き、救命胴衣をつけて押し合いながら父に連れられて甲板に出た。外は漆黒の荒れた海原だった。魚雷回避のジクザグ航行は傾斜が激しく、怒涛に突っ込む船首鋼板の重い響きが伝わり、しぶきが霧になって甲板を覆っていた。護衛の駆逐艦などどこにも見えはしなかった。夜空には星が瞬いているが、揺れる船橋が星影を遮ったり、輝きを見せたりしていた。だがそのような時でも父が側にいるので心が休まった。

兄と僕は、半年ばかり天草の小学校に転校し、夢のような日々を過ごした。父は仕事で満洲に戻っていた。

ある日、近くの海岸に出た。砂の小路をさらに五分も歩くと荒磯に出る。人影もなく、海の轟きと磯の香りが充満していた。汐が引いた岩礁の汐溜りに、大きな伊勢エビが海中をすーっと移動しているのを見て、息を呑んだ。絵で見るのと同じだ。その豪華な甲冑のエビは、兄を呼んでいる間に見えなくなった。母と兄は少し先の岩場にいた。午後の白く輝く西の海上に一隻の艦船が航行していた。

「あ、軍艦だ」

と声を出して沖を指した時、兄が「シーッ」と言って指を口に当て、声を殺して、

「スパイがいるかも知れんぞっ」

と、言った。

沖を見て飄々と立つ着物姿の母の腹部が大きかった。後に生まれる幸子だったのだ。

母の具合はかんばしくなく、祖母のもとで寝たり起きたりしていた。

大陸育ちの僕達は、夢のような半年を海辺の田舎で過ごした。

帰る日が迫っていた。船上での恐怖の訓練を思うと、気が重かったが、家族は、迎えに来た父と一緒に満洲に帰った。

父が、まだ工場から帰らない夕暮れの部屋、夕餉の用意もまだだった。母は畳の上に座ったままうつ伏せになり、毛布を被って胃痛で呻いていた。その周りで、母の言うことも聞かず、

兄と僕はふざけて暴れ回っていた。その時突然、母が今まで聞いたこともない声を張り上げ、従兄弟の名を挙げながら、

「何故あんなにいい子になれないの！」

と、体を震わせて号泣したのを、生涯忘れることはできない。母が泣くのを見たのは初めてだった。

病の苦しさや、行く末を思うと我慢の緒が切れたのであろうか。思慮深く、優秀な父親の元で、すくすくと育っている従兄弟達の姿が常に母の胸のうちにあったのか。

時々父に言われて、寝ている母の足を、兄と交代で揉んでやることがあった。大根のように白く脹れ上がっており、水が溜って、押すと指の跡が戻らなかった。母は気持ちがいいと言うのだが、子供には飽きて長続きはしなかった。

母が待ち望んでいた女の子、幸子を産んだ後病状が進み、大連の満鉄病院に入院。胃を三分の二切除した。診断は胃潰瘍であったが、経過は思わしくなかった。

天草の片田舎から一歩も出たことがなかった祖母が、心細い一人旅で大連に辿り着き、母の看護に当たっていた。

予断を許さぬほどになってからも、母は、子供達の学校を休ませてはいけないと言って、千

キロ北、ハルピンにいる僕達を呼び寄せようとはしなかった。意識は最後まではっきりしていて、残してゆく子供達のことを父に、

「よろしくお願いします」

と言い残し、最後には、

「さようなら」

と言って息絶えた。享年三十三歳であった。

母の死後、火の気のない寒寒とした部屋で、父を囲んで冷めた夕食をとっている時、父の目からまったく意外にも、ポロポロと頬を伝わった涙が、冷たいこうりゃん飯《めし》の上にこぼれ落ちるのを見、慌てて目を逸らした。

その後、四十九日も経たないで、父は新しい母を大連から連れてきた。名を秋江という。夫を戦争で亡くし再婚だった。年は二十八歳、父は十歳上の三十八歳であった。その母は京都出身で、聞き慣れないやさしい言葉をしゃべった。母さんと呼ぶように言われたがなかなか慣れなかった。僕はよく母の手伝いもして気に入られた。

だが、父と母はよくいさかいがあった。父は急におとなしくなり、意見の対立があっても、物識りの母にいつもやり込められている。もっと言い返せばいいのに、今までの強い父はどう

したのかと、子供心に歯がゆい思いがしていた。

「小さい子はいないと言ったくせに」

と、母は口喧嘩する度に言った。再婚の話が上がった時、生まれたばかりの幸子のことは隠していたらしい。父は何も言えなかった。今までの強い父のイメージは失われ、何でも母の言いなりになる弱い父になっていた。

戦局は逼迫していたが、まだ強力な関東軍が控えていると誰でもが信じていた。米軍の空襲は、南満の大連から新京まで北上していると伝えられていた。

「いくらB29でもハルピンまでは来れまい」

と、人々は言い合った。

そんなある夜中、一発の轟音で皆は一斉に飛び起きた。外は真昼の明るさで、暗黒の空に青白い火球がゆっくりと降下していた、
ソ連機による照明弾で、三棵樹地区を撮影したものだろうと大人達は言い合い、ひしと迫ってくる緊迫感が誰の胸にもあった。

それから間もなく、あの終戦の玉音放送の日を境に、世の中は一変してしまった。

その日の夕方、早くも兵士を満載した馬車の列が、社宅裏の道路を砂塵を上げ、延々と通過して行った。

馬のいななき、車上から聞こえてくる銃器の触れ合う硬い音や、弾倉を開閉する音が周辺に響き渡り、時に発砲する無秩序が充満していた。

大人達はそれを満軍だろうと言った。それがどんなものか分からない。中国軍だとすると、ハルピンに到達するのが余りにも早過ぎた。関東軍の傘下にあった満人の部隊が、決起したのかも知れないと思った。

最後まで日本の勝利を信じていた武吉は、満鉄での将来が足元から音立てて瓦解していくさまを、呆然と見ていた。

赤い夕日と、ヤケ酒を飲んだ武吉の赤い顔が重なっていた。

「出るな、出るな」と人々は言い合い、社宅の陰から怯えて眺めた。

その日、行進を咎めた満鉄工場の幹部が、即座に射殺されたとの噂が広まり、これからの予想もつかない先行きに不安が募っていった。それは、未曾有の混乱が始まる前兆でもあった。

満人の不穏な動きが急に高まっていた。

満人の子供に追われる恐い経験は何度もあったが、大人の満人は皆、知るかぎりでは柔和でさえあったのにと思った。それは耐え忍んだ仮の顔だったのかも知れない。襲撃を匂わす情報が伝わっていた。

捕虜を「丸太」扱いにし、生体解剖、実験で悪名高い関東軍七三一細菌部隊が、平和な三棵樹と隣接していたとは、驚天動地であった。地獄と極楽が共存していたのだ。

そこで何が行われているのか、付近の満人達は得体の知れない恐怖におののいていた。

厚生会館に多くの日本人が避難し、まだ武装解除していない数名の兵によって玄関に機関銃が備えられた。

しかし、その夜は特に変わったこともなく他の日本人と共に雑魚寝をして朝を迎えた。

家に戻ったある夜は、満人に見られないように暗くなってから梯子を掛け、屋根裏に避難した。

今まで満人を虐げた警官や日本人は次々に殺害され、襲撃の噂が絶えなかった。

その後、進駐して来た中共軍（八路軍《パーロ》）は、暴徒から日本人を守るため、社宅と満人部落の境に金網を張った。その外側では、棍棒を振りかざした暴徒が群がっている。家は社宅でも一番端に面していたから、金網越しに埋め尽くした満人達の罵声が聞こえる近さだった。

人々は今、国家の庇護の遠く及ばない、敵意の只中にいることに気づくのである。

状況は目まぐるしく変化していった。

その後、ソ連軍が進駐して来た。鉄道工場に司令部を置き、日本人職員に通常通りの出勤を命じた。撤収作業の荷役である。命令に背く者はすべて銃殺と言われた。三棵樹も彼らに警備されるようになったが、軍律厳しいパーロと違って、道徳も秩序も荒廃して油断ならなかった。社宅のあちこちには、自動小銃をぶら下げた兵士がうろつき、目をつけた家の玄関を叩いて開けさせた。婦女子は皆断髪して顔を汚し、男装をしていた。

ある日ふいに、うちの玄関を乱暴に叩き、ダワイ、ダワイと声がした。遂に来た。母と弟達は、あらかじめ話し合っていた炊事場の床下から隣家へ移った。父が玄関の扉を開けると二人の兵士が立っている。父がロシア語で応対した。それでも二人は長靴のまま部屋に上がって来た。見上げるような赤ら顔の兵士が二人、大型のモーゼル拳銃を腰に、自動小銃を肩からぶら下げている。無造作にたんすを順に引き出した。衣類や小物が主で、兵士の興味をひくものはなく、引き出しを全部元に戻した。一番下の引き出しを抜いてしまえば、その下、手前の畳の上には供出しなければならない日本刀を父は隠していたのだ。

見つかれば大変なことになるのだった。兵士は何か食べ物はないかと聞いた。父は茶の間から梅干を持って来てこれしかないと言って食べてみせた。兵士もそれを口に入れ、畳の上に吐き出した。兵士は部屋を見回し、父がしていた腕時計を取り上げポケットに入れた。その手首にはいくつもの時計がはめられていた。そして他に家捜しをすることもなく引き揚げた。

引き揚げが年内ではないことが正式に分かったのは暮れも迫ってからである。

恐るべき冬将軍の襲来。冬を越すのに必要な燃料を確保するのは容易なことではなかった。神社仏閣などは略奪に遭い礎石だけが残っている。山も森もなく燃料になるものは何一つなかった。

しかし時が経つにつれ、金網は人が通れるほどの穴が開けられ、満人との交流も復活し交易が始まっていた。

引き揚げがいつになるか分からないが、その日までには家財道具も整理し携行品をリュックひとつに纏めねばならない。人々は満人に足元を見られながらも捨て値で家財を売り払いながら、石炭を買い食料を蓄えた。

「お前達がいなければ、俺は馬賊になって残るんだがなぁ」

と父は冗談ともつかぬことを言った。

厳寒のつらい冬をしのぎようやく春が訪れた。

だが、今やこの地は全くの無医村であった。

ハルピンから診療所に派遣されていた薬剤師も看護婦も、戦後は途絶えていた。

三千名にも上る住民の中には、幼児や老人や病人も数多かった。病状が進むと手の施しようがなく、キツネ占いのコックリサンを頼りにするか、なり行きに任せるより他なかった。

ハルピンにある満鉄病院の医師は、国民党軍の軍医として徴用され、徴用を免れた医師は、彼らの探索を逃れるために住所を転々と変えて行方不明だった。

そんな中で、工場長の藤堂隆盛氏の四歳になる男の子が、手の施しようもなく病死した。夫人は、せめて火葬にしてくれと号泣するのだが、中国の法律では火葬を厳しく禁じており、秘密裏に行動に移すことは不可能だった。

夫は、そのうち機会を見てきっと火葬にするから、それまで待てと言い聞かせたのだ。

戦後、墓場となり果てた厚生会館の裏庭には、大小さまざまな卒塔婆が乱立している。皆同じ思いで肉親を異国の地に埋めているのだ。夫人が泣き崩れる側で、父、武吉は春まだき北満の凍てついた土を掘って、埋葬を手伝った。

まだ共産党軍と国民党軍との間に熾烈な戦闘が繰り返されており、日々変化する戦況の中で、帰国の日は小刻みに何度も延期となっていた。

この頃、平和連盟員と名のる日本人が家庭を回って何やら説いて回っていた。うちにもその男が訪ねて来た。父が玄関に出で応対している。

「皆さんは殆どが日本に帰りたがっています。しかし、今の日本は焼け野原で、アメリカ軍の占領下にあり、大混乱に陥っています。家は焼け、仕事はなく、全く悲惨な状態です。

そんな所に帰って行くよりも、技術のある方はここにとどまり、新中国の建設に協力した方が良いのじゃないでしょうか。私はその方が正しいと信じています。それで皆さんがその気になるように説得し、お願いに回っているのです」

と丁寧な話しぶりである。

「君はアカだな、しかしそれはできんな。君の言うことも分からん訳ではないが、今までの苦労を思えば日本の土を一歩踏めばもう死んでもいいとさえ思っているくらいだ。わたしが独身なら残留する方を選ぶかも知れないが、今は家族が病気にもならず、無事帰れるようにすることで精一杯だよ」

「そうですか。ではお願いしても無駄なようですが、私は私なりに説得を続けていきたいと思います」

そう言って男は帰った。

これら平和連盟員と称する日本共産党の運動員は他にもいて、あちこち訪問しては説得していたが、資本主義の搾取とか帝国主義の野望とか社会主義国家の繁栄とかについて説いて回っていた。人々は反発しながらも少しずつ考えてみるようになり、特に、進駐した八路軍に隊舎を明け渡し、家庭に分散していた若い青年隊員達は、今まで聞いたこともないマルクス主義などの新しい話に興味を惹かれ、各家庭への食住の気兼ねもあって、パーロに身を投じ、この地を去って行く者も多かった。

そして遂に中国共産党、国民党両軍の間に暫時の停戦協定が結ばれ、八月中旬、北満の日本人全部は日本に向けて引き揚げることに決定した。

引き揚げの日は遂に決まった。

共産党軍側はこの工場の機能を維持していくには少なくとも日本人三十名の技術者が必要だと踏んでいたが、最高責任者としての藤堂は、一人でも多く帰国させたい願いから、自分を含めた八名で責任持ってフル稼働するからと強固に主張して遂に合意に達していた。

したがって藤堂は新中国建設のため、幹部七名と共に、夢に焦がれた引き揚げを断念せざるを得なかった。

しかし、皆はこれらの残留組を裏切り者のように見ることが多かった。

三棵樹日本人三千名総引き揚げの二日前、野球部長でもあった藤堂隆盛氏宅に、父、佐藤武吉は別れの挨拶に行った。


これより三十八年後の昭和五十九年、千葉に住む藤堂隆盛氏より九州の佐藤武吉宛に『夏ちゃん』と題する著書が送られて来た。三部作のうち佐藤武吉が登場する一冊を贈呈されたものであった。

それからさらに二十年が過ぎた。その間、藤堂氏ご夫妻は他界されたと記憶しているが、父、佐藤武吉も鬼籍に入り、ご遺族のお住まいは不明となった。

この稿を記すにあたり、佐藤武吉に関わる一項を引用させて頂くことは、藤堂氏の意に背くものではないと信じ、ご夫妻のご冥福を祈りつつ引用させて頂いた。以下は、『夏ちゃん』よりの転載である。


いよいよ、この村の引き揚げが明後日と迫った晩、野球部で投手をやって活躍した佐藤君がお別れの挨拶にやって来た。

「やあ、あがれよ」

「今晩はお別れのご挨拶だけですから、ここで失礼します」

「そんなこと言うなよ。もう会えんかもしれんのに。あがって駄弁っていけよ」

「会えんかもしれんなんて、悲しいこと言わんで下さいよ。ではちょっとだけ」

佐藤君は上がりかけて、

「碁盤や将棋盤がぎょうさんありますなぁ」

「焚き物にするためにもらったんだよ」

気の早い連中はもう届けてくれて、玄関の中には二十面ばかりの盤が重ねられてあった。

「何を焼くんですか？」

「いや、なに大したものではないんだ」

佐藤君は座敷に上がった。

佐藤君は大連鉄道工場の技術員養成所を出た男で私より三つ年上であったが、私が組み立て職場長をしていた時は旋盤職場の助役をしていて私の仕事を積極的に援助してくれたし、私が計画係長になった時は現場から引っこ抜いて計画係りに迎え、彼の現場的知識を大いに利用したいわば私の股肱の部下であった。仕事上のことばかりでなく、野球でも寝食を共にし、私が部長をしていた野球チームが北満に名を轟かしていたのは彼の投打にわたる活躍が大いに原因していたのである。そんな訳で彼とは兄弟のような付き合いをしていた間柄であった。

「いよいよ、お別れだな。君にはほんとうにお世話になった。改めて礼を言うよ」

「何をおっしゃいますか。私こそかわいがっていただきまして」

そこへ桂子が酒と肴を運んできた。

「佐藤さんにはいろいろほんとうにお世話になりましたわ。夏夫の時には本当によくしていただいて何とおん礼をしてよろしいか分かりませんわ。何もありませんが、お一つどうぞ」

「有難うございます。あの時は奥さんからなんとかして火葬にしてくれと、泣いてたのまれましたなぁ」

「無理ばっかり申しまして、おかしかったでしょう?」

「そんなことはありませんよ。誰だって火葬にしたいと思いますよ」

「そうですよね」

「あっ! 家の前の沢山の薪? 玄関の中の碁盤と将棋盤? あれで坊ちゃんを焼くつもりじゃありませんか」

「じつはそうなんだよ」

「いつ焼くんですか?」

「皆が帰って、僕らが引っ越して、満人が引っ越してこないうちに焼くつもりでいる」

「どこで焼きますか?」

「社宅のはずれの土手の蔭にしようと思う」

「いい場所ですなぁ。誰が手伝うんですか?」

「僕達ふたりでやるつもりでいる」

「何時ごろ、何時間で焼くつもりですか?」

「昼頃、二時間以内でおわらせるつもりだ」

「冗談じゃないですよ。そんなことができるもんですか」

「できないかなぁ」

「できませんとも。第一、あなた方二人では墓を掘って棺を取り出し、それを土手まで運ぶことさえできんでしょう。棺は土まみれになって何倍も重くしかも腐っていますよ。どんなふうにして運ぶんですか？　奥さんが坊ちゃんの顔でも見たら気をうしなってしまいますよ、きっと」

「……」

「そんなことよりも、我々が帰った後の状況を考えて御覧なさい。我々がこの村をでるまでは兵隊も警官も監視していますから満人が入ってきませんが、我々がいなくなった途端に満人達が禿げ鷹が餌をあさるようにどっとはいってくるに違いありません。彼らの目をのがれてどうして焼くことができるでしょう」

「それでは不可能ということじゃないか」

「我々が帰ってからでは不可能ですな」

「それじゃ、やっぱり不可能ということじゃないか」

「我々のいる間にやったらどうです？」

「明日一日しかないではないか」

「明日やるんですよ」

「えっ？」

「青年隊の元気のいいのを五、六人連れてきて私が手伝いますよ。薪はこれだけあれば充分でしょう。廃油とボロを工場からもらってきましょう。鉄板も火掻き棒もなんとかします」

「警察に見つかったら、牢に入れられて日本に帰れなくなるかもしれんぞ」

「かまいませんよ。残されたって親分と一緒じゃないですか、望むところですよ」

「日本人の妨害はないだろうな」

「あるもんですか。今まで安全に過ごしてこれたのは親分のお蔭じゃありませんか。今みんな日本に帰れるのも親分のお蔭ですよ。援助したって妨害も密告もあるもんですか」

「そうかなぁ。うまくいくといいがなぁ」

「警官は昼休みにシナ街に昼食をとりに行くから、正午に始めて一時間で終わらせましょう。なに油さえあれば、小さくて白骨化しているでしょうから、充分焼けますよ」

「そうか、ではよろしく頼むよ」

「佐藤さん、お願いします。この通りです」

「お手を上げてくださいｏ 奥さんは、後でゆっくりお骨をひろってくださいね」
「ええ、ありがとうございます」
桂子は只嬉しくて涙ぐんでいた。

翌日はまだ暗いうちから墓掘りにかかった。夜が明けてからでは帰国する人達の最後の墓参りでごった返すだろうからである。築山の中腹の池の水面よりかなり高い所に埋めたから、まさか水浸しになっているとは思わなかったのに、不思議なことに棺はじゃぶじゃぶ水に漬かっていて、重くて重くて、穴から引き揚げるのに私と佐藤君と二人の青年隊員の四人がかりでやっとのことであった。棺は水に漬かっていたせいで少しも腐っておらず、真新しいままであった。穴に土を埋めて元通りにし、用意されたリヤカーに棺をのせて荼毘に付す現場まで運んだ。

先ず第一関門を突破した。皆はほっとして土手の蔭に腰を下ろし夜の明け離れるのを待った。一休みすると疲れも取れて、私と佐藤君と四人の青年隊員は焼き場作りにかかった。社宅の方から見えないように穴を深く掘り、通風が悪くならないように風洞を設け、薪を並べ鉄板を敷いてその上に棺を乗せ、それを薪や斧で割った碁盤、将棋盤で覆い、たっぷりと油を振りかけた。あとは火をつけるだけである。その上に筵を何枚もかけると誰がみても火葬場などと気がつきそうになかった。もう八時を過ぎていて、村中は急に人の動きが激しくなってきた。丁度うまい具合に桂子が朝食を運んできたので、土手の蔭に車座になって心尽くしの朝食に舌鼓をうった。

「朝早くからご苦労さまでございます」

「案外早く出来ましたよ、奥さん。あとは火をつけるだけです」

「さようでございますか、有難うございます。安心いたしましたわ」

「沢山人があつまっていては人目につきますから、私達は帰って十一時半頃また来ます。それまでお二人で番をしていて下さい」

「承知しました」

　二人きりになると、

「夏夫はどんなでした？」

「見てないよ」

「見てみましょうか」

「見ないほうがいいよ。いつまでもあの可愛らしい面影を思い浮かべていたほうがいいんだよ」

「そうね」

「棺が水浸しになっていてな、お前と二人ではとても掘り上げられなかったよ」

「そうですか。佐藤さんが来てくれなかったら出来なかったわね」

「そうだよ。だが、骨にするまでは気がぬけないぞ」

「そうねぇ。うまくいくといいわねぇ」

「此処までくれれば大丈夫だろう」

土手に腰をおろし、わが子の柩を前にして、つとめて面白おかしい話などをしているうちに、知らぬ間に時間が過ぎて、佐藤君が二人の隊員を連れてやって来た。

「お待たせしました」

「もうそんな時間かね？」

「一名を警察署の前に見張らせてあります。昼食をとりに行ったら、白い旗を振ることになっています。危険な時は赤旗を振ります」

「そうか。いよいよだね」

私はさすがに緊張して、「桂子、お前は家に帰りなさい」

「厭です。私も手伝いますわ」

「気絶でもされたら、それこそ足手まといになる。焼けたら連絡するから骨箱を持って拾いにきなさいっ」

「はい」

桂子はしぶしぶ帰って行った。

十二時丁度、白旗がさっと振り下ろされた。私は心をおどらしてすぐ点火した。黒煙がもうもうと上がると同時に赤い炎がめらめらと燃え上がり、棺の周囲を取り巻いた。十分を経過し、火力は相当に強く、天を焦がす勢いで下に敷いている鉄板は真赤になっているのに、肝心の棺は依然としてそのままで変色もしない。水を多量に含んでいて、火炎を受け付けないのだ。こんなことでは中の遺骸は蒸し焼きになって灰にならない。

「棺を壊しましょう」

佐藤君が言った。

「うん、そうしよう」

私はこのままそっと焼きたかったけれども、そんなこと言っておれなかった。鉄棒で棺の上蓋をこじ開け、側板を打ち壊すと、何と中から水が流れ出し、炎の勢いが弱くなったその中から夏夫の体が目の前に現れた。その姿は私の想像とは全く違っていた。あの亡くなった時着せた浴衣も結んだ帯もそのままで、それよりもその浴衣からはみ出している顔も両手も両足も少し蒼ずんでいて、眼窩が一寸落ち窪んでいるなと

思われるだけで生前と少しも変わっておらず、今にも唇を歪めて、

「猫はこわいよう」

と言いだしそうな可愛らしい蝋人形さながらであった。私はあまりのことに呆気にとられて呆然としていると佐藤君が、「私に任して下さい」と言うなり、私から鉄棒を取り上げ、邪険にも底板を抜き取って夏夫の体を直に焼けた鉄板の上に下ろすと、上から山のように薪を被せた。炎はまた勢いよく燃え上がった。私にはとてもそんな無慈悲なことはできなかったが早く焼くためには最善の方法なのだろう。どのような物理的現象かは知らないが、北満洲の冷たい水が棺内に浸み込んでそれが防腐剤になり、四ヶ月も経過しながら屍骸に少しの変化も与えていなかったのだ。その代わり、長い間水漬けになっていた遺骸はなかなか焼けないらしく、佐藤君が火掻き棒でまきを集めて火力を強くしたり、屍骸を転がしたりしていたが、夏夫の体は依然として崩れず、燃えさかる紅蓮の炎の中に両手を組み合わした夏夫が今にも、「パパ、熱いよう」と泣き出しそうだ。両眼から滂沱と流れる涙を拭いもあえず、じっと見つめていると佐藤君が「親分、土手に上がって見張りの旗を見ていて下さい」と言って私を体よく現場から追い払った。私が側にいては手荒なことも出来ず手間取るからだろうと察して、快く見張りの役を買って出た。

もう三十分を過ぎているのに夏夫の遺骸は全然焼けていなかった。あと三十分で白骨になるとはどうしても考えられず、不安になってきた。薪も残り少なくなってきて、とてもとても足りそうにない。時間はなくなる、薪はなくなる、中途で止めるわけにはいかず、私の心臓は動機が高まっていらいらしてきた。佐藤君と四人の隊員も何んとか焼き上げようと、炎を遺骸に集中させるために一生懸命に火掻き棒を動かしている。

空高く上がる黒煙と炎に、社宅の人々もようやく気がつきボツボツ集まってきて、見張りに立っている私に「おや、親分、何をしていらっしゃるんですか？」

「実は子供を焼いているんだよ」

「この春に亡くされた坊ちゃんをですか？」

「そうだ」

「誰が焼いているんですか？」

「佐藤君だよ」

「私も手伝いましょうか？」

「人手はいいんだが、薪があったら欲しいんだがなぁ」

「薪ですか、少しならありますよ」

その男は集まってきた人達に何やら話すと、皆社宅のほうに引っ返してめいめい持てるだけの焚き物を持って戻ってきた。

私は妨害するかも知れないなどと思ったことが恥ずかしくなって涙の出るほど嬉しかった。

火力は倍もさかんになって悲痛な表情をしていた佐藤君の顔にやっと笑顔がこぼれた。

だが、もう一時をかなり過ぎているのに八割ぐらいしか焼けておらず、私は気が気でない。腕時計ばかりを気にしながら、見張りの方を注意してると盛んに赤旗を振っているではないか。私は急いで土手を駆け下り、

「警官が来るぞうっ！　早く皆逃げろっ！」

と大声で叫ぶと、野次馬の連中は蜘蛛の子を散らすように逃げ去って、佐藤君と四人の隊員が残った。

「君達も逃げろっ！　早く」

「まだ焼けきってませんよ」

「後は僕が焼く。捕まったら大変だ早くっ！」

「一人で大丈夫ですか?」

「大丈夫だ、早く逃げろっ！」

「では」

五人は満人部落の方に逸散に逃げ去った。

間もなく警官二名と通訳がやって来た。

「こんな所で火を燃やして何をしているか？」

「子供を焼いています」

「何だって？　人間を焼くことは国法で禁ぜられているのを知らないのか？」

「日本の国法では焼くことに決められています」

「ここは日本ではない。中国だっ！　すぐ中止せよっ！」

「誠に申し訳ありません。中国の国法を知らなかったものですから。どうぞお許しください」

「許すわけにはいかん。すぐ火を消せっ！　そして署まで同行せよ！」

「すぐ消します。遺骨を片付けてから参りますから少し待って下さい」

「お前はどこに勤務している者か？」

「鉄道工場の技師長をしています。私は新中国の建設のために残留することになりましたから、広い中国のどこに行くか分かりません。再び此処に帰ってこれませんから子供を骨にして一緒に連れて行こうと思ったのです。どうぞお許しください」

「理由は分からんでもないが法は曲げられない。すぐ同行せよ」

「逃げも隠れもいたしません。必ず行きますからちょっと待って下さい」

「なるべく早くだぞ」

「はい、間違いありません」

私が新中国建設のために残留してやるんだと言ったことに感謝してか、もうほとんど焼き終わったことを見てとったためか、後で来るように念を押して帰っていった。屍骸は内臓の一部を残してきれいに灰になっていた。私は一人で火掻き棒を動かして残った部分を入念に焼いていると、その辺に潜んで様子を窺っていた佐藤君が戻ってきて、

「親分、どうでした？」

「あとで出頭しろとのことだ。佐藤君、どうもありがとう。お蔭で念願が叶った。こんなうれしいことはないよ」

「良かったですなぁ。薪が足りなくなった時にはどうしようかと思いましたよ。やはり親分の人徳のせいですよ」

「ではこれから警察に行くから、後は頼んだよ」

「承知しました。奥さんにも工場長にも連絡取ります」
「心配しないようにとな」
「はい」

私が警察署に出頭すると、警官は物も言わずに私を独房にぶち込んでしまった。不思議に私は少しも恐ろしくも恥ずかしくも口惜しくもなかった。何か一番大事なことが完成し、肩の荷をおろしたような歓びさえ感じ、牢内の汚い筵の上に腰を下ろすと、早朝からの疲れがどっと出て、そのままごろりと横になって寝込んでしまった。

日が暮れて、看守に揺り起こされて目を覚まし、事務室に連れて行かれると、工場の可軍事代表と桂子が私を迎えてくれた。桂子は私にすがりついて、

「私の我侭で牢になんか入れてしまってごめんなさいね」と言って泣いて謝っていた。

私が数時間も監禁されたのは罪が重いためでなく、可代表がハルピンに出ていて工場に居なかったためで、もし工場にいたら牢に入れられることもなかったとのことであった。

その夜は私の家で夏夫の帰宅祝いが盛大に催された。勿論、佐藤君と四人の青年隊

員の感謝し切れぬ労をねぎらうためで、送別の意を兼ねて目を見張るばかりのご馳走が並べられてあった。桂子にとっても今まで冷たい思いをさせていた夏夫を自分の温かい胸にいつでも抱いてやれると思うと、どんな大盤振舞いをしても惜しくはないと思ったのだろう。嵯峨夫人も招待して美しい賛美歌で夏夫を迎えたことは勿論である。

（以上『夏ちゃん』より転載）

ついに引き揚げ当日の朝となった。いよいよ出発だ。数え切れないほどの馬車が社宅の隅々まで列をなしていた。物心ついて以来のふるさと三棵樹であった。家財道具はある程度処分したとはいえ、まだ殆ど家に残ったままだ。今朝起きたばかりの布団は、いつものように畳んで押し入れにしまい、簡単に済ませた朝食の食器類も、やはり洗って、元に戻した。

父を始め、兄も僕も、リュックサックを背負った。何日かかるか分からない道中の食料が主だ。五歳の昌男は母の骨箱を背負い、再婚で来たばかりの母は二歳の幸子を背負い、皆それぞれ両手に荷物を持った。馬車はたちまち人と荷物で溢れ、順次動き出した。

さらば三棵樹。三千人の引揚者集団は満人達が見守る中、整然とハルピン駅まで馬車を連ねた。別れを惜しんでそっと涙を拭く満人もいた。終戦からちょうど一年が経過している。支那町のど真ん中を行く馬車列の両側で、満人群衆は黙って見守っていた。

その日の午後、ハルピン駅周辺は三百台を上回る馬車と人で溢れた。駅では、何両も連なった有蓋貨車の列に全員がすし詰めになり、住み慣れたこの地を後にした。

窓も明かりもない有蓋車の中はたちまち人いきれで充満した。南満洲まで千キロの旅の始まりである。

機関車の運転士は慣れない満人がしているのか、動き出す時も停止する時も衝撃がひどかった。何時間か走っては停車し、徐行してはまた止まった。現在位置がどこなのか、大人にも皆目見当がつかないようだった。どことも分からない所で下車し、歩かねばならない。事情や予定は一切分からなかった。次の列車が有蓋車の時はよかった。無蓋車の時は、転落防止のため周囲にロープを張ったが、危険であり、雨が降ると容赦なく濡れた。貨車の運行は不規則で、どこまで乗れるか分からなかった。どことも知れぬ原野で停車し、その度に、一斉に男女が飛び降り、大勢入り乱れて用を足した。婦女子は貨車に乗る度に上にいる大人に引っ張り上げられた。

内戦状態の満洲では各地で鉄道が破壊されているのだ。徐行を繰り返した後全員下車して歩き続け、日が暮れて野宿した。川の水で飯を炊き、家族が寄り添って飯を食べた。そんな繰り返しが何日となく続く。

ある日、野宿地は興奮した人々の何とも厭な空気に包まれていた。人民裁判が行われているというのだ。円形に綱が張られ、その周囲は、黒山の人だかりで潜り込める余地はなかった。

そこに腕章をして、腰に拳銃を携えた日本人らしい男が二人、肩を怒らせ周囲を睥睨《へいげい》しながら大股で歩み寄る。群衆は道を空けて二人を中に入れた。

「では皆さん、始めまーす」

いま入って行った男の声が響いた。

「本日は皆さんから提訴されていた安西同志を紹介します。彼は天才と言われた製缶士でもありますが、残念ながら旧社会時代から私利私欲に走りがちで独自性が強く、常に皆の団結を阻害してきました。本日は彼の腐敗しきった思想に対して皆さんと闘争するために集まって頂いたので、決して我々が指図したり命令したりするものではありません。我々は安西同志の誤りを憎むもので、彼を憎むものではありません。彼を救済してやる為に、皆さんが彼の思想と闘って頂ければよいのです。罪に対しての同情は絶対禁物です。我々はただこの集会の混乱を避けるため司会をやらせて頂きます。どうぞ宜しくお願いします」

激しい拍手が一斉に起こった。

引揚者は一途に帰国を熱望しているだけで、思想的に糾弾されるいわれはないのだが、各地方には日本人の中国共産党員というのがいて、この会を扇動しているらしかった。

彼らは日中戦争で捕虜となり、共産党の本拠地、延安に連行され、徹底的なアカ教育を叩き込まれて各地方に派遣されているのだ。地方では中国人の軍事代表達と起居を共にし、ピストルの所持を許されてすべての在満日本人を取り仕切り、傲慢で横柄だった。

彼らは、中国共産党に命を助けられた見返りに、いま中国で、荒れ狂う嵐のように激しく展開されている共産主義の坦白《タンパイ》運動に呼応し、日本人の洗脳工作に一役買おうとゴマをするのだ。

坦白運動とは、過去に犯した自らの誤りを群衆の前で告白し、懺悔する事によって汚れのない体になり、革命社会で仲良く肩を並べて闘っていこうというマルクス主義教育運動の流れである。しかしそれが歪曲され、かつて権勢をふるった満鉄幹部などが槍玉に挙げられ、帝国主義の手先だとか、民主制を踏みにじった極悪人だとか勝手な罪状をデッチ上げられ、昔の部下達から打つ、蹴る、殴るの屈辱を受け、半死半生の凄惨なリンチが加えられる。

会場では激しい詰問の声が聞こえる。

「それだけか?」

「嘘を言えっ!」

「貴様それで図々しくも皆と一緒に日本に帰るつもりかっ!」

「とぼけているんだろう? 今の内に担白すれば罪は軽いが、後になってからでは死刑になるぞっ! どうだっ!」

「殴れ！　殴れ！」

「きゃぁ」と群衆の中から女子の悲鳴が上がる。殺気だった若者がドタドタと走り回る。

「川に放り込め！　殺せっ！」

群衆がどよめき、罵声が上がる。

一週間ほど後も、別の野宿地で同じ集会が起こっていた。そして誰かが吊し上げられ、リンチに遭っているようだった。

父は槍玉に挙げられるような管理職ではないが、気性の激しさが故に部下の恨みを受けることはなかったか、その仕返しがないか、やはり心配で、憂鬱な日になるのだった。

乗船の日までを合い言葉に引揚者の列は、黙々と歩いた。引率者の連絡で次の乗車地が知らされる。そんな繰り返しだった。

いつ動き出すか分からない合間を縫って人々は排泄のため貨車から飛び降りた。

ある駅では満洲の各地から集まった引揚者で溢れている所があった。コレラが蔓延しており、周りは足の踏み場もない糞尿の垂れ流しである。目の前で排便しながら突っ伏し、死んで行くのを見ても特に注意を引くことではなかった。死は慢性化し、日常化していた。

「お前達、絶対に火を通さないものは食べるなよ、死ぬぞっ」

口にする物はすべて火を通さなければならない。父はそれを家族に徹底させた。肌着の縫い目に列をなす虱や、真珠のように光ってこびりつく卵をすべて排除することはできない。米粒ほどもある虱を親指の爪で潰すと音立てて血が顔に飛んだ。虱を咬んで潰す満人はチフスの免疫が体内にあって、媒介するチフスに罹ることはないが、日本人は無抵抗だった。川べりで野宿をして朝、目を覚ました時、目前の巨大な鉄橋が、真っ二つに折れて、川に突き刺さっているのを見た。これが中共軍と国府軍が対峙した第二松花江で、いずれかが爆破したものだ。引揚者集団は渡河することができず、山越えも叶わず、さらに遠い道を迂回しなければならなかった。

幼児も、老人も、病人も前進あるのみで、皆に遅れることは荒野の中での死を意味した。父は家族を叱咤し、前の者について黙々と歩いた。何時間も列をなして歩き、また貨車に乗った。行き着く駅では徴発が頻繁に行われた。貨車が駅のホームに入ると、引揚者とほぼ同数の満人がホームに並んで待っている。日本人は全員荷物を持って下車し、満人の列と向き合って並ぶ。指揮者が合図を送り、一斉に荷物の点検が行われる。相対する引揚者の荷物を開けさせ、中身をかき回し欲しい物を没収する。昌男が持っている母の骨箱もいや応なく開けられた。

南満洲に入り、警備の兵士の制服が、見慣れた八路軍のものから、目新しい国府軍の制服に代わっていた。引揚者集団は、毛沢東が率いる共産党軍から蒋介石の国府軍が管轄する南満洲へと引き継がれていた。

やがて大連より北二百キロの壺蘆島《コロトウ》に到達。夢に見た海が見えた。

満洲各地から集まった引き揚げ者集団がひしめいている。そこでは長い時間を掛けて、検便とDDTの洗礼を受け、念願の乗船を果たした。

乗船の日まで、を合い言葉に苦労を共にした人々の夢は現実のものとなった。

離れていく大陸を見ながら、さらば満洲よまた来るまでは、と涙の合唱が聞こえる。


博多入港後、検疫のため暫く港内に停泊していた。

武吉は甲板に出た。船腹から噴出する汚水が落ちる海面には巨大なボラが群れている。松花江を思い出し、港外の白く映える北の空に目をやった。

世の中は何と変わってしまったことだろう。十七で渡満して以来二十年余を満鉄で働いた。喜びも悲しみも織りなしたこの歳月、満鉄で働き蓄えたすべては、夢と消え去った。何のための満洲だったのか。口惜しかった。情けなかった。苦しかった。それらの精神的、肉体的苦痛に耐え、やっと家族全員が無事に帰国することができた。

藤堂さんはどうしているだろうか。あの火葬で奔走した最後の日に思いを馳せた。

夫妻共に音楽家でもあり、バイオリン、マンドリンの演奏家であったのを思い出した。

ハルピンのバラライカを混じえたマンドリンオーケストラも主宰していた。首都新京での、全満合同マンドリン大演奏会を楽しみにしていたが、そんな企画も敗戦と同時に吹き飛んだ。

聡明で、温厚で、強靭で、いい男だったとしか言いようがなかった。強靭であるが故に、あの捕虜が転向した、傲慢で横柄な共産党員らの憎しみを買うことがないか。そして奴らの扇動で担白に遭わないか。どうか生き延びてほしいと祈らずにはおれない。満洲へ行ったからこそ巡り合えた、唯一の敬愛する人物だった。そして、今はもう遥かに遠い三棵樹を思った。

停泊中、発病者は出ないようだった。再度厳重な検疫を終えて上陸した。出発以来四十五日が手帳に記されている。

検査や手続きに武吉は終始奔走した。そして、知り合い同士は永遠の別れを惜しんで、全国各地へと散って行った。

僕達は汽車に乗り、祖父母の住むR市へ向かった。疲れきった家族は早朝のR駅に降り立ち、リュックを背負って二時間ほど歩いた。

父、武吉が腕白で育った故郷はまだ明けたばかりの平和で静かな朝だった。

家では、祖父母と、叔母の芳ちゃんの驚喜と歓声で迎えられた。

骨を休める安楽な日々は瞬く間に過ぎた。

父は祖母キヌの口利きで、従姉が住む県北のT炭鉱に就職した。僕達は炭坑住宅に移り住むことになり、父にとって第二の人生を、家族にとって第二の故郷であるTでの生活が始まった。炭鉱は昭和の初期に創業し、戦後、月産二万トンを生産。政府は産業経済の発展に強い意欲を示していた。昭和二十四年天皇の行幸もあり、二十六年には炭鉱景気で絶頂期を迎えていた。従業員は職員、鉱員合わせて二千名、住宅千戸があった。T駅構内には堂々とした石炭積み込み場ポケットが炭鉱の象徴のように聳え、選炭機が唸りを上げて回っていた。広大な敷地には、鉱業所本部、坑外設備が設置され、病院、結核療養所、映画館、労働会館、幼稚園、理髪所、野球場、庭球コート、弓道場等の設備が完備されていた。戦後の不況とはいえ、炭鉱は活気に沸いていた。

坑内外を問わず、元気な者は残業に次ぐ残業で金を稼ぎ、坑内から上がってくる坑夫は真っ黒のまま裸で共同風呂に行き、中にはタオルで前を隠したまま風呂に急ぐ坑夫を見て初めは驚いた。炭住長屋は夜ごと宴会の歌声で賑わった。

炭住は五軒長屋だったが、引き揚げ時の苦労を思うと天国であった。従兄弟達から机や文房具が送られてきた。

父は機械工場で旋盤工をし、残業や徹夜で仕事に明け暮れた。

康子が生まれて家族は七人となっていた。

何年か過ぎ、三度目の引越しでは、二軒続きだが三部屋の新築住宅となり、文化生活を感じさせた。

家具類を買うことはなかった。箪笥から、テーブル、本棚、掘り炬燵など、必需品のすべてを父は作った。下駄を作り、歯には削げないように合成ゴムを打ち付けた。一仕事終えると焼酎で疲れを癒すのだ。父は過労のせいか、体の節々がひどく痛そうな声を出していた。僕達は順番で肩を叩いたり、腰に乗ってツボを押したりした。

悲喜こもごも日々は過ぎていった。

ある時、僕はちょっとした弟か妹の失態をあげつらい、

「母さんに言いつけよおー」

と、はやし立てていた。取るに足らぬことだった。

その時、僕を見ていた父と目が合った。父は眉をひそめ声を殺して、

「馬鹿だなお前は」とひとこと言った。

僕は瞬時に意味を悟り、恥かしさでその場を離れた。

「子供達のことをよろしくお願いします」と、別れの言葉を残して逝ったという母のことを、

そして、継母のもとで暮らしている幼い子等のことを、父は忘れてはいないのだった。

祖父母のいるR市の田舎までは汽車で南へ三十分ほどである。

冬、父は手製の大型リュックサックに石炭ガラを詰め、燃料不足の親元へ度々運んだ。駅を降りてもバス賃は節約し、途中何度も休みながら一時間以上も歩いて辿り着く。夜は父親の作蔵と、遅くまで飲んで語らい、翌朝にはすぐ帰って、また残業や徹夜の仕事が続くのだ。子供の頃の武吉を知っている近所の年寄り達は、目を見張って囁き合い、人も羨む孝行ぶりであった。

そのようにして歳月は過ぎた。

僕は親元を離れてM市へ出た。

その後、昌男と幸子は集団就職で東京へ出た。

炭鉱の景気も次第に衰退を見せ始め、やがて全国の炭鉱が閉山となっていく。第二の人生でもあったT炭鉱も、合理化を重ね再起を図ったが遂に閉山となった。

父にとって苦労もあったが思い出も多かった炭鉱生活も、二十一年間、六十歳で終止符を打った。

T炭鉱の閉鎖後、父達はR市に戻り、祖父母と共に住むようになった。

他県にいた伯父の修一は結核を患い既に他界しており、叔母の芳ちゃんも嫁いで家を離れていた。

両親の面倒を見るのは父の肩に掛かっていたが、同世帯になって良いことばかりではなかった。

ある日、親戚が集まった宴席で、酔った祖父から微細なことで批判されたのに激高した父は、盃を投げつけ、祖父は額から血を流した。

「武吉が偉そうに」

と、酔っているとはいえ作蔵が吐いた言葉は、父の中で消えなかった。父も酔っていたのだが、それ以降、祖父への気持ちは急速に冷め、石炭ガラを運んで仲むつまじかった頃とは打って変わったようだった。酒も一人で飲み、「早よ死ね」と険悪な言葉を吐くようになった。青年時代の武吉がそこにあった。

母の秋江はいつも口をつぐんでいる。

叔母に言わせると、土地家屋の登記を済ませた途端に祖父に対する態度が変わったともいう。

家での采配は主客転倒した。大工を入れて家の中を少しずつ改装した。炭鉱の退職金も少しはあった。昔ながらの土間や窓のない物置も廊下になり洋間になった。手が空くと庭作りに力を入れ、松を植え池を作り芝生を植えた。池には緋鯉が泳ぎ、山水がたまる井戸から水を引いて池の浄化装置も作った。後には祖父母の住む小部屋も増築した。

よく光る頭と、厚い眼鏡にぎょろ目をした頑固な祖父も、年とともに衰え、三日ほど呆けて死んだ。

祖母は私達に会う度に、

「いつまでも長生きしてみんなに迷惑を掛けて済まないねぇ」

と、皺が深くなった顔を俯けてなお小さくなっていた。

祖父の死から三年ほどして、祖母も叔母達に看取られて逝った。

武吉は知人の世話で市内の町工場に勤めることになった。バス通勤である。仕事が終わってから、仲間と駅前の屋台でいっぱい飲むのが楽しみだった。

しかし工場も不景気で五年後には閉鎖となり、父は六十五歳になっていた。

その後、家の近所で、子供の頃の同級生で親友の富ちゃんが、まだ鉄工所を細々と続けていた。

「武吉っちゃん、うちで少し加勢してくれんかな」と言う。

富ちゃんはまったく酒を飲まない人だったが、気性が合って子供の頃からの友だちだ。六十歳で車の免許を取り、再婚した上品な奥さんとドライブを楽しむスマートな好好爺だった。

父は富ちゃんの鉄工所に通い始めた。

従業員は誰もいない。富ちゃんと二人だけだ。旋盤は千分の一ミリの仕事だと父はいつも言っていた。白内障の進んだ視力ではなかなか厳しかったのだろう。富ちゃんも父もやがて仕事をやめた。

働き続けた数十年の勤めを終え七十歳となっていた。だが家にいても黙っていることはなかった。どこからか見つけてくる気に入った形の木の根や、切り株などに手を加え、見事な置物、飾り物を作った。木片には文字を刻み墨を流し、ニスを塗って仕上げ、「信念」とか「闘魂」とかの父らしい文字が多かった。

私はそのでき栄えに感心して眺めながらも、もっと他の言葉はないものかと思ったりするのだが、それこそ生涯貫いてきた父の生き様でもあったのであろう。

庭で作業し、昼になると茶の間に上がり、

「一杯だけ酎ちゃんをもらおうか」

と母の機嫌をみて言う。母にだけは頭が上がらなかった。

茶の間の引き戸を開け、手入れの行き届いた庭を眺めながら、

「俺が死んだら、庭は一週間で草ぼうぼうだろうな」と、兄和夫が跡を継いだ時のことを愁えた。

父は庭のすぐ側の雑木が、庭に向けて垂れ下がっているのが、陽を遮るといって気に食わな

い。その木もあの木も、と指さしながら、山の上の方まで鋸で切るつもりらしい。

「氏神様の森だから駄目だよ、罰が当たるよ」

と、実家に帰って父と飲んでいる時に私は言う。

しかしある日、父は作業を始めたそうだ。土手を上り、木にしがみついたり、よじ登ったりして鋸で枝を落とした。

叔母の信枝がすぐ裏に住んでいて、日中は畑の花作りなどしている。

「おおい、信枝、ここから落ちれば俺は死ぬだろうか」と父が言う。

「ああ、アンちゃん、危ない、死ぬよ、危ないから下りてこんね」

と、信枝は呼び掛ける。

「そうかなあ、オデ死ニタイナイヤー」

と歌うように言う。

酔っているのだろうかと信枝は思った。

父の言動が、飲んでいるのか、素面《しらふ》なのか分からないようなことが多くなっていた。飲んでも少しの酒で酔うようになった。

酔えばいつもの口癖が始まる。

引き揚げの前夜、猟銃の火薬の残りすべてを、容器の缶ごと風呂の焚き口の奥深く詰め込んだというのだ。

また始まったと私は苦々しく思う。

来客の前などで、得々としゃべっているのをみると、父の口を覆いたくなることもあった。言うならば日本人の一人として侵略者側でもあった父が、頭を垂れるのではなく、逆に満人を憎んでいる。後に移り住んだ満人が風呂に火をつけたらどうなるのか。引揚集団が満洲を離れるまでには四十日を要しているから、満人家族に爆死者や負傷者が出たとしたら、即刻、移動中の引揚者集団はパーロによって手配され、父は捕えられただろう。その無謀、無知が理解できなかった。営々と築き上げた満洲での夢が崩壊し、持って行き場のない憤懣を満人にぶつけたのか。

父の常軌を逸するそのようなことは他にも数々あった。

ここ数年の間でもそうだ。

池の鯉をねらって庭に入り込み、罠に掛かって歯をむくイタチの頭を、石で叩いて殺すくらいはなんでもないのだ。

晩年の一時期、孫娘が拾ってきた子犬のシロを父が飼う羽目になったが、シロが成犬になった頃、庭に侵入した野良犬の子を宿したといって怒り、シロを山に連れて行き、殺して埋めたというのだ。

私は驚き、きつく父に迫るのだが、その性《さが》は変わらない。

それら父に対するどうしようもない感情が、私の中でくすぶり、憤り、憎み、父はろくな死に方はしない、とさえ思うこともあった。

だが、酔った時のこの口癖も、最近ではあまり聞かれなくなっていた。


ある日、ちょうど私達が帰省した時、酔って風呂に入っている父を見に行ったらしい母が、ひどく叱責しているのが聞こえてきた。たまには手さえ出しかねない激しさである。いつもこんな調子なんだろうか。隠れた母の一面と、老耄の父を思った。

いつの頃からか、庭にも手が入らないようになっていた。芝生は伸び放題、枯葉は積もり、木々の梢は不揃いになり、池は淀んだ。母が手を入れることはなかった。

父は八十二歳になっていた。


兄に電話しても、病院にはその後何も連絡はしていないと言う。兄も母も、父を病院へ入れっ放しではないか、と不快感が募るのだが、自分だって特別なことをしている訳ではなかった。ゴルフの帰りにさえ、病院を素通りすることがある自分を思うのである。

私の住む地域に老人病院があり、一度訪ねて施設を見せてもらい、医師にも相談したことがあった。私の話を聞いていた医師は、お父さんは、アルコール性脳血管障害ではないだろうか、と言った。折を見て父の転院を考えてもいた。しかし、母の面子も考えない訳にはゆかなかった。

弟の昌男が東京から父の様子を見に帰ってきた。空港に迎えた私の車でそのまま病院へ向かった。私と六歳違いの昌男は、幼い時からいつもはしゃいで父の後ろについて回り、腰ぎんちゃくと言われて、お気に入りだった。高校卒業後、東京に就職するまでの一時期、父と一緒に炭鉱でも働いた。一緒に出勤する時の父の嬉しそうな顔が思い出される。

私がM市へ出た後、昌男は東京へ行ったのだ。昌男が結婚して家を建てた時に父は上京しているし、昌男もその後、何度となく帰郷はしている。

父が目覚めて昌男を見たが、この状態では覚えているはずもなかった。昌男は用紙に文字を書き、父が読めるのに驚いた。壁に掛けているカレンダーとか、職員用の注意書き等も読めるのだ。だがその意味が理解できているのかどうか分からなかった。いつか、色々試みてみたいと思った。私達の言葉が途切れると、すぐに父は俯いてしまう。いつも下ばかり向いている。そんな印象を昌男は受けた。昌男が差し出したぶどうの粒を口に入れて、父は俯いたままゆっくりと口を動かしていた。その時、三名の係員がゴム手袋とマスクをつけて近づき、

「おしめ替えの時間です」と言った。

トイレだって、入院するまでは自分で行っていたのだ。それを無理やりおしめに切り替えてしまい、もう慣らされているのだった。

二日後、昌男が帰京する際に病院へ寄った。父はベッドで寝ており、起こさないまま私の車で空港へ向かった。

ある日康子から電話があり、病院がじいちゃんの乱暴でかなり神経を尖らせているので、他の病院を探していると言った。翌日午後から休暇を取り病院へ行ってみた。隣ベッドの老人の顔に痣があり、看護婦の対応は冷たかった。やはり父のせいなのだ。患者の家族からの苦情で病院側も困っていることを知った。父の両手首には、ベッドにくくり付けられた黒い痕があった。父は表情が虚ろの時ばかりではなく、時には正気の顔をして、普通のようにしゃべることもあり、まだら呆けと呼ばれるものだろうかと思った。もう八十二歳だ。このように力の萎えた父が夜中、にわかに暴力を振るうのだろうか。信じられない一方、やりかねないとも思えるのだ。

月の出と共に豹変するのであろうか、漠然とそんなことを考えていた。

そのうちに心配が現実のものとなった。婦長がすごい剣幕で、ここは精神科病院ではない、すぐ出て行ってくれと母に電話したのだ。

二、三日後、B市の病院に父を移したと兄から電話があった。兄は、病院もきれいだし、みんな親切で今までより格段によいと言った。

翌日、私と妻はB市に行って病院を訪ねた。そこはE病院よりさらに五十キロも遠隔の、父にとって縁もゆかりもない土地である。

玄関横の掲示板を見て、初めて、ここが精神科病院であることに気がついた。看護婦の案内で院内に入った。各階病棟の入口には大きな鉄の扉が開いており、夜間に使用するものか緊急時のものか分からない。暗証番号の付いたドアを開けて入ると、入口付近に患者がたむろしており、黙々として廊下に座り込んだり、うろうろと歩き回って、見慣れぬ者の顔を、ぬーっと覗き込む。一様に尋常な表情ではない。妻は怖いといった。狭い病室には、余裕も無いほどにベッドが並び、医療器具らしい物は一切見当たらない。そんな片隅に父の小さな姿があった。その哀れな姿に言葉が出なかった。鉄格子の窓を通してB平野の、のどかな風景が見られる。その景色と父の間に永遠、無限の距離を感じる。自分がどこにいるのか、どうなっているのか一切分からない。何と地獄であり、極楽であることか。生涯を通して闘志の塊であった父に、せめて、あの満洲の赤い夕焼けの空に向けて、猟銃を発射する夢でも見てほしいと願った。

正月くらいは家に帰らせてあげたいと思っていたが、母の強い反対を押し切ることはできなかった。

元日に初詣をすませた後、少しばかり正月料理を携えて病院へ行った。正月をどのように過ごしているのか気になっていたのだ。しかし看護婦は、父の乱暴のため、両隣の患者を移動させたことを告げた。情けなく、悲しかった。

一月も半ばとなって、入院生活も四ヶ月目に入っていた。病院に着いたのはちょうど昼時だった。父は寝ていたが、昼食を知らせる看護婦の声を聞くや起き上がり、ベッド横に座っている私達には目もくれずに、運ばれた膳に覆い被さるようにして、一途に食べ始めた。ミンチ状の食事はすぐになくなり、父は私達を見るともなく、「今日のはうまくないね」とあっさり言ってのけた。両側のベッドはシーツが外されマットだけである。周囲のベッドに人けがないのは、やはり乱暴のせいなのか。

「俺はある女と一緒になろうと思う」といきなり父は言った。

「えっ」と耳を疑った。

「だれよ、誰?」

「ほら、いま通っただろうが」

と廊下を指す。

二、三人のそれらしい寝巻姿の人影がトボトボと廊下を歩いて行く。その尻の部分は一様に皺が重なっているが、その部分が薄黄色く染まっているのが多い。いつもそうなのか、おしめが濡れて染み出しているものなのか、その姿を目で追いながら「いい女だもんなあ」と言う。

「話したの？　で、相手は何て言った？」

「相手はオーケさ」

「じゃあ今の奥さんの秋江さんはどうするの？」と聞いても、微かに笑みを湛えるばかりである。父にとって忘れるはずのない死んだ母の名前や、尊敬していた工場長の藤堂さんの名前を挙げるが反応がない。

「今まで住んでいた永山町覚えている？　山崎商店とか、山中さんとか……」

「知らんなあ」

「親父は結婚しているのよ、それでもまた結婚するの？」

「うん」と父は頷き、

「プロポーズするさ」と言う。

その歯切れのよさにこちらが戸惑い、辺りを見回す。「あの……」と言い出し、こんな話題で父をからかうのは良くないと思い話を打ち切った。

帰途、車を運転しながら父が発した言葉を反芻し、老いの残酷さと、愉楽を思うのである。

二月に入って二日、いつものように朝の渋滞を抜け、一時間かけて職場に着いた。駐車場に入れて車から出た時、職場ビルの二階から身を乗り出した守衛が言った。

「佐藤さん、お父さんが亡くなったそうですよ、すぐ妹さんに電話するようにとのことです」

「えーっ」と絶句した。

どうしてだ、どうしてだ、なぜだ、なぜだ、諸々の思いが目まぐるしく脳裏を駆け巡った。ついこの前会ったばかりではないか、死はまだまだ先のはずだった。先月は行ったのか、行かなかったのか……。嵐のような後悔が私を覆った。何があったのか、黙って死んだ父が哀れだった。初めて父の死というものに直面し、その実感がいや応なく私を襲った。死んだ方がましだ、死ねばいいと思っていたのに、父はそれを容認するように黙って逝った。康子に電話すると、今から自分も病院へ行くところだと言う。昨日病院から肺炎で熱があり危ないという連絡があり、母と行ったが大したこともなかったので帰ったと言う。今朝、病院からの電話で父の死を知った、と康子は泣きながら言った。

妻の職場に電話をし、着替えのため一緒に帰宅することにした。家では簡単な準備をし、取るものも取りあえず、車で病院へ向かった。

運転しながら、過ぎ去った長い年月の情景が思い浮かぶ。

「まだお父さん入院してから僅か四ヶ月ですよ」と松代は泣く。

世間では呆けた身内と泥沼のような日々を闘っているではないか。たった一夜の乱暴を口実に病院へ放逐したことを責め、同時に、自分達も面倒ごとから一歩身を引いていたのではないか、という思いが消えないのだった。

戦後の未曾有の混乱の中を、家族を守って数十年働き続けた父は、初めて助けを求めていたのではないか。

「オデ死ニタイナイヤー」と言ってふざけていた父の顔が偲ばれる。

二人で旅行したのは思い出とはなったが、父は必ずしも楽しくはなかったかも知れない。なぜか私は、いつも不機嫌だったような気がする。男の二人旅というものは、こういうものなのか。私の配慮が足りなかったのではないか。経済的にも、松代を同伴してできないことではなかったのだ。一にも、二にも、松代さん、松代さんだったではないか。どんな時でも松代は父を癒やしたことだろうに。

バンコクのホテルでは、廊下に置いてある灰皿を記念に貰っていこうと言う父を、不機嫌に無視し、大連行きの船中では、側にいる外人と話してみろと言うのも笑って無視した。それでも父はいつも、俊次、俊次と私を頼りにした。こんな、たわいもないことの数々が、至らなかった自分を責めるように今、止めどなく湧き上がってくるのだった。

喉の渇きを癒やす枕元の茶の一杯も、入院以来は途絶えていただろう。

肺炎末期、痰がからまり窒息死をした友の最期を思い出した。父もそうだったのだろうか。

深夜、介添えする者もいない部屋で、衰弱し、熱にうなされて寝ていたのだろう。

にわかに咳き込み始めて止まらず、痰が詰まって息ができない。必死の吸気が、引き裂くような鶏鳴となって尾を引き、繰り返す。苦悶で全身汗にまみれ、ぜいぜいと息を詰まらせてもがく。痰は激しく蠕動する気管に絡み、吸えない。息が……息が！　ああ、かーっと頭が充満し、激しい痙攣が全身を貫き、目を剥いてのけぞる断末魔。

意識は朦朧となり、瞳孔が開き始め、痙攣はやがて小刻みな震えに変じていく。

この地獄を経ずして涅槃へは辿れないのか。


病院一階裏のしんしんと凍った霊安室。

線香の煙がたゆたい、白布に覆われて動かないのは父なのか……。

顔の覆いを取ると、変わり果てた父の死に顔があった。

「お父さん一人で淋しかったでしょう」

と、松代が泣き崩れる。

あれほど帰りたがったのに叶わず、働き続けた生涯の終焉を、見知らぬ地でひとり果てた哀れさに、声が詰まった。

病院の裏庭は整備されておらず、散乱した鉄骨や、プラスチックの廃材が放置されていたらしく、それを積雪が形に沿って覆っている。ところどころ雪の下から黒い土塊や廃材の一部が剥き出され、片方のなだらかな白い雪の面から顔を覗かせた一群の枯れ草が、風に震えている。

霊安室から運び出された棺と私達遺族に向かって、言いたいことがたくさん、という感じで、大柄な看護婦が、慣れた仕草で合掌した。

〈参考資料〉

『図説「満洲」都市物語』西澤泰彦著（河出書房新社、一九九六年）
『図説　満州帝国』太平洋戦争研究会著（河出書房新社、一九九六年）
『大連小景集』清岡卓行著（講談社、一九八三年）
『（新版）悪魔の飽食』森村誠一著（角川書店、一九八三年）
『夏ちゃん』武藤信夫／武藤桂子共著（一九八四年）

藤永博之（ふじなが　ひろゆき）

「西九州文学」会員。本書所収の「サワラ」は長崎新聞新春文芸小説入選作品、「爆弾アラレ」は同佳作一席作品である。1934年旧満洲大連生まれ。1946年佐世保へ引き揚げ。長崎外語短期大学卒業。1994年放射線影響研究所退職。

爆弾《ばくだん》アラレ

二〇〇九年一〇月一六日　第一刷発行

定価はカバーに表示してあります

著　者　藤永博之《ふじながひろゆき》

発行者　平谷茂政

発行所　東洋出版株式会社

東京都文京区関口 1-44-4, 112-0014

電話（営業部）03-5261-1004　（編集部）03-5261-1063

振替　00110-2-175030

http://www.toyo-shuppan.com/

印　刷　モリモト印刷株式会社

製　本　カナメブックス

ISBN 978-4-8096-7602-4